KB071362

떠난 후에 남겨진 것들

한 그루의 나무가 모여 푸른 숲을 이루듯이
청림의 책들은 삶을 풍요롭게 합니다.

떠난 후에 남겨진 것들

유품정리사가 떠난 이들의 뒷모습에서 배운 삶의 의미

김새별 · 전애원 지음

청림출판

달라진 세상,
변하지 않은 것들

처음 바이오해저드라는 회사에 들어온 지도 벌써 6년이라는 시간이 흘렀습니다. 유품정리, 특수청소라는 직업을 그때 처음 알게 되었죠. 사실 처음 회사에 출근했을 때 느꼈던 놀라움은 아직도 잊을 수 없습니다. 회사 면접을 보고 출근을 확정하면서 업무에 대한 각오는 이미 해두었지만 실제로 죽은 자의 흔적을 정리하는 일은 예상보다 더 큰 충격이었습니다.

그러나 죽은 이에 대한 충격과 꺼림칙함은 금세 사라졌습니다. 하루하루 그분들의 흔적을 살피고 치우면서 두려움이라는 감정은 살아생전 고인에 대한 존경으로, 그리고 더 나아가 제 일에 대한 애착으로 바뀌게 되었습니다.

저희가 이 책을 집필하고, 출판을 결심하게 된 이유입니다. 유품정리, 특수청소라는 저희의 특수한 일을 알리고 싶은 것이 아니었습니다. 우리 주변에 우리가 모르는 가슴 아픈 죽음들이 너무도 많다는 것을 여러분들과 함께 알고, 겪고, 나누고 싶었습니다.

이 책을 낸 지도 벌써 5년이 되었습니다. 책은 변함이 없지만 세상은 많이 달라졌습니다. 코로나19와 기술의 발전으로 목소리라도 들을 수 있는 전화통화는 점점 사라져가고 간단한 문자와 SNS로 사람들끼리 안부를 묻는 날이 더 많아졌습니다. 한 끼 식사부터 간단한 생필품을 주문하는 것도 클릭 한 번이면 충분합니다. 사람들은 감염을 막기 위해 마스크를 쓰기 시작했고, 우리 주위 사람들의 얼굴조차 볼 수 없는 날들이 이어지고 있습니다. 눈빛으로 모든 걸 알 수 있다는 말이 무색하게도 마스크를 쓰고 나니 표정 하나만으로는 감정을 도저히 알 수 없습니다. 마스크 건너로 들리는 작은 목소리로 감정을 읽어야 하는 세상입니다.

그래도 젊은이들은 낫습니다. 빠르게 변하는 흐름에 금세

적응합니다. 문제는 비대면 시대, 기술의 발전을 따라가지 못하는 어르신들입니다. 이분들은 이런 흐름을 타지 못하고 도태되고 맙니다. 몸도 마음도 점점 사람들에게서 멀어집니다.

최근에 마음 아픈 현장을 다녀왔습니다. 50대 후반 이혼한 남성의 집이었습니다. 사인은 자살. 흔히 말하는 독거중년이었지만, 자식도 있었고 연락도 하고 지냈습니다. 그러나 고인이 써놓은 유서에는 '외로움을 더 이상 견딜 수 없다'고 적혀 있었습니다. '이런 선택을 하게 되어서 자식들에게 미안한 마음뿐이다'라고도. 외롭고 힘들었다는 말입니다. 직접 만나서 이야기를 나누고 서로의 안부를 묻던 세대가 오늘날의 비대면 시대를 받아들이기는 쉽지 않았던 겁니다. 반면 젊은이들은 비대면 시대에 익숙합니다. 안부를 전화로 묻지 않아도 괜찮다고 생각합니다. 어디서 무엇을 하는지 스마트폰만 들여다보면 알 수 있으니까요.

이에 덧붙여 서로의 마음을 이해하지 못하는 세대 간 단절이 늘어가고 있습니다. 심지어 뉴스 댓글에서도 보입니다. 누군가의 악의적인 농간인지, 다른 세대를 이해하지 못하는 우리의 짧은 생각이 문제인지 모르겠습니다.

그저 저는 보이지 않는 선으로 세상과 연결해주는 스마트폰이 누군가에게 기쁨을 주는 만큼, 다른 누군가에겐 외로움을 준다는 것을 이 책을 읽는 분들이 알아주셨으면 하는 마음입니다. 적어도 우리 주위의 누군가가 '외로워서'라는 이유로 우리와 다른 길을 가게 되는 일을 막아주었으면 하는 바람입니다.

세상이 발전할수록 사람들의 외로움은 늘어만 가는 듯해 보입니다. 우리 주변의 많은 외로움들이 사라지길 바라는 마음으로 5년 만에 다시 원고를 정리했습니다. 저희의 작은 마음이 이 책을 읽는 여러분의, 그리고 여러분 주위 사람들의 외로움을 막아주길 바라봅니다.

김새별 · 전애원

떠난 이들이 우리에게 가르쳐준 것들

"새벽아…… 우리 철수 죽었다. 넌 철수랑 어렸을 때부터 형제처럼 지냈으니까 꼭 알려줘야 할 것 같아서."

가장 친했던 친구의 죽음을 알게 된 그날, 전화를 끊고 장례식장까지 어떻게 갔는지 기억조차 나질 않는다. 정신을 차려보니 장례식장이었고, 나는 철수 어머니를 안은 채 울고 있었다.

겨우 스물셋, 오토바이를 갖는 것이 가장 큰 꿈이었던 내 친구는 첫 월급을 모아 산 오토바이를 타고 가다 신호 위반 차량과 부딪혀 죽고 말았다. 그토록 원하던 것을 소유하게 된 기쁨을 이레도 채 누리지 못하고.

　유년 시절과 학창 시절을 함께했기에, 그 없는 어린 시절을 떠올리기가 힘들 정도로 철수는 내 인생의 굽이굽이마다 한자리를 차지하고 있었다. 그토록 소중한 친구인데 내가 해줄 수 있는 일은 아무것도 없었다. 살아 있기만 하다면 비록 힘내라고 손 잡아주는 일밖에는 못 될지라도 해주고 싶은데, 그는 이미 차가운 시신이 되어 누워 있었다. 내 눈물도, 아들을 어루만지는 어머니의 간절한 손길도 차디찬 그의 몸을 되살릴 수는 없었다. 그저 내가 할 수 있는 일이라곤 마지막 가는 길을 지켜보는 것뿐이었다.

　태어나 처음으로 염하는 과정을 보게 된 날. 장례지도사는 엄숙한 얼굴로 묵념을 한 뒤, 친구를 잃고 아들을 잃고 형을 잃은 우리를 진심으로 위로했다. 그런 다음 온 정성을 기울여 내 친구의 몸을 닦아나갔다. 머리부터 발끝까지 그의 손길이 지나갈 때마다 친구의 몸이 말갛게 빛나는 것 같았다. 혼이 담긴 손길이었다.

　그는 이제 정갈해진 친구의 몸에 수의를 입혔다. 살아 있는 사람을 다루듯 조심스럽고 섬세하게, 그러면서도 망자에 대한 예의를 다하는 모습이었다. 염습의 전 과정이 끝났을 때 그의 콧등에는 굵은 땀방울이 맺혀 있었다.

그가 내 친구를 대하는 모습에서 나는 큰 위로와 감동을 받았다. 생명이 사라진 육신일지언정 친구는 마지막까지 인간의 존엄성을 지킬 수 있었다. 아무것도 할 수 없는 나에 비해 그는 생면부지의 타인임에도 불구하고 친구의 마지막 가는 길을 위해 필요한 모든 것을 해주었다.

그날 이후 한동안 내 머릿속에서는 그의 모습이 떠나지 않았다. 일을 하다가, 밥을 먹다가, 길을 걷다가 문득 그 장면이 떠오를 때면 마음 한구석이 숙연해졌다.

그러던 어느 날, 장례식장에서 일하는 지인이 염습을 할 만한 사람을 소개해달라고 부탁했다. 알 수 없는 일이었다. 나도 모르게 내가 해보겠다는 말이 튀어나왔다. 지금은 전문 교육기관이 있어 체계적으로 일을 배울 수 있지만, 당시에는 일을 가르쳐주는 곳도, 장례지도사라는 말도 없었다.

아무것도 모르는 채로 바로 염습을 시작했다. 처음에는 안치실에 있던 고인의 차가운 몸에 손을 대는 것이 두렵고 힘들었다. 모든 사람이 온전하게 죽음을 맞이하지 않는다는 사실도 적잖은 충격이었다. 드라마에서처럼 곁을 지켜주는 가족들의 사랑에 힘입어 죽음의 두려움을 이겨내고 마지막 순간을 평온하게 맞이하는 건, 천 명 중 한 명에게 주어질까 말까 한 엄청난 행운이라는 사실도 알게 되었다. 아무도 거두는 이 없는 외롭고 쓸쓸한 죽음이 참 많았다.

그렇게 일 년이 흐르고 또 오 년이 흘렀다. 내게는 '한국 최연소 사무장'이라는 타이틀이 붙어 있었다. 가끔씩 일하면서 느낀 점들을 써서 블로그에 게재하기도 했다. 어느 날 블로그를 보고 한 여성이 연락을 해왔다. 부모님이 돌아가셔서 유품을 정리해야 하는데 부모님 댁 현관문을 여는 순간 너무 가슴이 아파서 집 안으로 들어갈 수조차 없다고.

어머니는 병을 앓고 있었다. 그러나 자식들에게는 비밀로 한 채 아버지가 어머니를 간호했다. 그러다 힘에 부친 아버지가 먼저 돌아가시고 얼마 되지 않아 어머니도 아버지의 뒤를 따랐다. 뒤늦게 이를 알게 된 딸의 슬픔은 몹시 깊었다.

유품정리를 도와달라는 그녀의 부탁을 거절할 수 없었다. 그리고 처음으로 알게 되었다. 고인이 남기고 간 물건들을 정리하는 일이 무에 그리 힘들까 싶지만, 현실은 다르다는 것을. 세상을 떠난 이가 소중하지 않아서, 그를 사랑하지 않아서가 아니다. 오히려 그 반대였다. 홀로 살다 고독하게 죽고, 스스로 목숨을 끊고, 범죄로 인해 생명을 잃은 가족에 대한 죄책감과 슬픔 때문에 직접 정리할 수 없는 것이다.

그날 이후 유품정리에 대해 진지하게 생각하기 시작했고, 유가족들의 요청이 하나둘 늘면서 지금의 회사를 차리게 되었다. 십이 년 동안 해온 장례지도사 일 대신 유품정리를 시작한 것은 남은 사람들의 슬픔을 덜어주는, 세상에 꼭 필요한 일이라는 생각 때문이었다.

그렇게 유품정리사로 살아온 지도 어느덧 십 년 가까운 세월이 지났다. 현장에서 내가 할 수 있는 일은 고인이 남긴 흔적을 깨끗이 지우고, 유품을 정리해 가족에게 전달하고, 주변을 청소하는 것뿐이다. 그러나 나는 이 일을 할 때마다 우리가 기억해야 할 안타까운 죽음이 너무도 많다는 사실을 느낀다. 떠난 이들이 세상에 남겨놓은 마지막 인사를 가장 가까이에서 전해들은 사람으로서, 이들의 이야기를 알려야 한다는 책임감도 있다. 유품정리사를 바라보는 부정적인 시선을 바꾸고 싶다는 작은 소망과 함께.

이 책은 '어떤 사람이 태어나 이런저런 일을 겪다 죽었다'라는 자서전이 아니다. 신문의 사회면에서 가십거리로 다룰

만한 자극적인 이야기를 전하려는 의도도 없다. 다만 독자들이 떠난 이들의 뒷모습에서 이 사실 하나만은 꼭 기억했으면 한다. 우리가 무심코 지나쳐온 다양한 죽음 속에는 언젠가 내가 맞닥뜨릴지도 모를 하루가, 나의 사랑하는 가족이 겪을지도 모를 오늘이, 지금 내 옆에 살고 있는 우리 이웃들의 이야기가 담겨 있다는 사실을. 우리에게 정말로 남는 것은 집도, 돈도, 명예도 아니다. 누군가를 마음껏 사랑하고 사랑받았던 기억, 오직 그것 하나뿐이다.

이 일을 하면서 가슴 아픈 사연을 간직한 이들을 많이 만났다. 한번은 현장에 도착했더니 고인의 아버지가 이미 정리를 모두 마친 상태였다. 딸의 죽음으로 마음이 많이 힘드실 텐데 저희에게 맡기시면 될 것을 어찌 혼자 다 하셨냐고 물었더니 그분이 말했다.

"나 때문에 이 세상에 나온 아이인데 마지막도 내가 갈무리해야 하지 않겠소."

그런데 정리를 하고 나니 짐들을 어떻게 처리해야 할지 막막하고, 집주인에게 미안한 마음에 소독도 해야 할 것 같아

도움을 청했다고.

엘리베이터에서 나는 악취를 제거해달라는 의뢰를 받고 갔던 현장도 잊히질 않는다. 알고 보니 악취의 근원은 엘리베이터 저 아래에 있었다. 회식에서 술을 마시고 귀가하던 삼십 대 직장인이 엘리베이터 문에 기대고 서 있다가 추락한 것이다. 그렇게 그는 사망한 지 한 달 만에 발견되었다. 소식을 듣고 달려온 어머니가 부패한 아들의 시신을 끌어안고 울었다. 어머니의 구슬픈 눈물 앞에서 나도 덩달아 울고 말았다.

부모의 사랑은 늘 놀랍다. 홀로 죽음을 맞이한 지 보름 만에 발견된 오십 대 남성의 반지하 집이었다. 유품을 정리하는데 손바닥만한 수첩 하나가 나왔다. 열어보니 '죽기 전에 하고 싶은 일 10가지'라는 메모가 적혀 있었다.

'TV에 소개된 맛집 가보기', '친구들에게 연락해 목소리 듣기', 마지막은 '시집가는 딸아이 모습 눈에 담기'였다. 그의 외동딸은 독일에서 유학 중이었다. 아버지가 간암으로 돌아가셨다는 사실도 알지 못했다. 먼 타국에서 공부하는 딸을 위해 아버지는 자신의 병을 숨겼던 것이다.

소중한 사람을 잃은 슬픔과 고통을 조금이나마 덜어주는 것, 세상을 떠난 이의 인생을 마지막으로 정리하는 것은 아무도 알아주지 않더라도 보람 있는 일이다. 그러나 한편으로는 더 이상 이 일을 하고 싶지 않다. 고독사, 자살, 범죄로 인한 사망…… 이런 비극이 사라져 나의 직업이 더 이상 필요 없어지기를 바란다.

과연 그런 날이 올까. 그러나 최소화할 수는 있다. 내 가족, 내 이웃에 대한 작은 관심만 있다면. 안부를 묻는 전화 한 통, 따뜻한 말 한마디가 누군가에게는 살아갈 힘이 될 수도 있다는 사실을 우리는 잘 모른다. 포기하려던 삶을 부여잡고 다시 시작할 수 있게 하는 데 거창한 도움이 필요한 것은 아니다. 당신은 소중한 사람이라는 사실을 일깨워주는 것만으로 충분하다. 작은 배려와 친절을 통해서도 가능한 일이다.

유품정리사로서 나의 경험을 통해 당신이 지금보다 주변 사람들을 더 소중히 여기고 진정한 삶의 의미를 찾게 되기를, 나와 내 사랑하는 사람들이 살아 있음에 감사하며 그냥 사는 것과 감사하며 산다는 것의 차이를 깨달을 수 있기를 간절히 바란다.

당신과 나, 우리 모두는 소중한 존재다. 내가 살아 있다는 사실만으로도 고마워하는 사람이 있다. 단지 우리가 모르고 있을 뿐.

차례

1장.　　　　조금 더 서로를 사랑할 줄 알았더라면

2장.　　　　어떤 삶을 살든 우리는 소중한 사람

1장

그는 늘 자랑스러운 아들이었지만
수재여서도, 의사가 될 사람이어서도 아니었다.
부모에게 그가 소중한 까닭은 다만 자식이기 때문이다.
살아 있는 것만으로도 눈물겨운 존재가 자식이라는 것을
그는 미처 헤아리지 못했다.
자식이 부모 마음을 어찌 헤아리겠는가.
지금까지 수많은 죽음을 보았지만
돌아가신 부모를 안고 우는 자식은 거의 보지 못했다.
하지만 부모는 반드시 자식을 품에 안는다.

조금 더 서로를 사랑할 줄 알았더라면

그 무엇도 아름답거나 추하지 않다
삶과 죽음도 마찬가지다

차마 부치지 못한

편지

가을이 시작되고 있었다. 햇볕은 아직 뜨겁지만 바람이 선선한 어느 오후, 사무실로 한 통의 전화가 걸려왔다. 건물 관리인이라는 그는 세입자가 사망한 집에서 악취가 난다며 청소를 의뢰했다.

약속 시간을 정하고 장비를 챙겨 도착한 곳은 서울대 부근의 원룸. 관리인이 열어주는 문 안으로 들어가니 싱글 침대에 붙박이장, 싱크대, 책상과 책장이 전부인 작은 방이었다. 창문에는 청테이프가 꼼꼼히 둘러쳐져 있었다.

관리인이 말했다.

"연탄을 피웠어요."

침대 매트리스에 뚜렷이 남아 있는 죽음의 흔적들. 먼저 매트리스를 검은색 비닐 소재의 포장재로 겹겹이 싸서 밖으로 내갔다. 들고 나르는 동안 매트리스에 밴 부패물이 사람들에게 노출될 수 있고, 악취가 새어 나갈 수도 있기 때문이다.

매트리스를 치우자 한결 숨쉬기가 편해졌다. 휴대용 환풍기를 설치하고 창문을 활짝 열어 환기를 시켰다. 건물들이 다닥다닥 붙어 있지 않고 바람도 적잖이 불어 창문을 열고 작업해도 이웃에 별다른 폐를 끼치지 않을 터였다.

이제 유품들을 정리할 차례. 제일 먼저 눈에 들어온 것은 책장에 놓인 접시 모양의 상패였다. 상패를 들어 글자들을 읽어보니 놀라웠다. 고인은 서울대 치대를 수석으로 졸업한 예비 치과 의사였다.

책장에는 의서들이 빽빽이 꽂혀 있고 책상과 방바닥에도 책이 쌓여 있었다. 그 가운데 군데군데 포스트잇을 붙여 놓은 책 하나를 펼쳐보았다. 곳곳에 형광펜으로 줄이 그어져 있었고, 영어로 깨알같이 적어 놓은 필기가 가득했다. 치대에 다니는 동안 고인이 얼마나 열심히 공부했는지 짐작되는 순간이었다.

그는 열심히 공부하지 않은 적이 단 한순간도 없었을 것이다. 그가 다닌 대학은 상위 1퍼센트의 성적이 아니면 지원도 못하는 곳 아니던가. 초등학교에 입학한 이후로 그는 학창 시절 내내 최고의 성적을 유지하기 위해 노력했을 것이다.

그렇게 열심히 준비해 서울대에 들어가 졸업까지 수석으로 한 수재 중의 수재가, 이제 치과 의사가 되어 남부럽지 않게 살 일만 남은 젊은이가 왜 스스로 목숨을 끊었을까.

책들을 박스에 담는 내내 머릿속에는 '왜?'라는 질문이 가시지 않았다. 책들 사이에 섞여 있던 스프링 노트를 펼쳐서 한참을 들여다본 것도 가시지 않는 의문 때문이었다.

노트에는 시 같기도 하고 노래 가사 같기도 한 글들이 페이지마다 적혀 있었다. 가슴 아픈 이별에 관한 글, 달콤한 사랑에 관한 글, 세상에 저항하는 듯한 글이 보였다. 요즘 젊은이들이 듣는 노래 가사인가 싶어 같이 간 젊은 직원에게 물어봐도 모르겠다는 대답뿐이었다.

의문을 안은 채 계속 유품을 정리하는데 붙박이장 한구석에서 기타가 나왔다. 오랜 시간 주인의 손길을 탔는지 색이 많이 바래 있었다. 한때 기타에 빠져 지낸 적이 있던 터라 반가운 마음에 줄을 퉁겨보았다. 최근까지 자주 사용했는지 조율이 잘 되어 있었다.

기타 옆에는 상자가 하나 놓여 있었다. 열어보니 악보가 가득했다. 오선지에 직접 그려 넣은 음표들 그리고 노랫말들. 방금 스프링 노트에서 본 바로 그 글이었다.

악보는 족히 몇백 장은 되어 보였다. 상자 아래쪽으로 갈수록 악보의 색깔이 달라 맨 밑에 깔려 있는 것은 누렇게 변색되어 있었다.

상자에 다시 악보들을 넣어두려는데 편지 봉투 하나가 바닥으로 툭 떨어졌다. 받는 사람 주소에 경상북도의 한 지역이 적혀 있고 우표까지 붙어 있었다. 입구가 봉해져 있어 한참을 고민했지만 중요한 편지일 수도 있겠단 생각에 열어 보았다.

그리운 엄마께

날씨가 부쩍 추워졌어요. 웃풍도 센 집에서 한겨울을 또 어찌 지내시려나 걱정이네요. 보일러 돌리는 거 너무 아까워하지 마시고요. 감기 들면 몸 아프지 약값 들지, 그게 더 손해예요. 참, 아버지 허리 아프신 건 어때요? 좀 괜찮아지셨는지. 이래저래 엄마가 고생이시네요.

혹시 감기가 들면 돈 아낀다고 아픈 거 참지 말고 꼭 병원에 가세요. 먹는 것도 잘 먹어야 해요. 만날 풀만 먹지 말고 고기도 좀 드세요. 풀은 소여물로나 줘버리고요.

저는 서울에서 재미나게 지내고 있어요. 학교 잘 다니고 밥도 잘 먹고 건강하게 잘요. 얼마 전부터는 친구들과 모임을 만들어서 같이 공부하고 있는데 워낙 좋은 녀석들이라 저를 많이 도와줘요.

엄마, 열심히 공부해서 얼른 의사가 될게요. 제가 치과 의사가 되면 최고로 좋은 틀니 해드릴게요. 집도 고쳐드리고 아버지 허리 수술도 해드리고요. 그런 날이 빨리 왔으면 좋겠어요. 잘 지내고 있지만, 그래도 엄마가 보고 싶어요.

다정한 아들이었다. 편지 구석구석 엄마에 대한 깊은 사랑이 느껴졌다. 얼른 부모님을 호강시켜드리고 싶다는 의지도 엿보였다. 이미 졸업을 했으니 꽤 오래전에 써놓았던 편지였을 것이다. 그런데 왜 보내지 않았을까. 왜 죽음의 길을 떠나

조금 더 서로를 사랑할 줄 알았더라면
025

야만 했을까. 빛나는 미래를 눈앞에 두고, 사랑하는 어머니를 남겨두고.

이 세상에 이유 없는 죽음은 없다. 그 이유가 무엇인지는 알 수 없지만 분명한 것 하나는 그가 죽음보다 삶을 더 고통스러워했다는 사실이다. 남 보기에는 부럽기만 한 그의 삶에도 견디기 힘든 고통이 숨어 있었다. 그게 무엇이었을까.

편지를 다시 악보 상자에 넣는데 젊은 직원이 말했다.

"작곡가가 꿈이었나 봐요."

"무슨 소리야? 서울대 치대 수석 졸업생인데."

"그건 졸업한 학교죠. 치대를 나왔다 해도 하고 싶은 건 다른 일일 수 있잖아요."

순간 뒤통수를 한 대 얻어맞은 느낌이었다. 직원의 말이 맞았다. 치대를 졸업했다고 해서 꿈이 꼭 치과 의사라는 법은 없었다.

편지 내용을 미루어 보건대 넉넉지 않은 집안 형편에 부모님 건강도 좋지 않고, 다른 형제를 언급하지 않았으니 외아들일 확률이 높았다. 그가 의사가 되고자 했던 이유일 것이다.

감당할 것도, 책임질 것도 너무나 많았던 무거운 인생.

그러나 정작 그가 하고 싶은 일은 노래를 만드는 것이었다. 그것이 그가 누구에게도 털어놓지 못한 꿈, 부모님에게도 말하지 못한 꿈이었다.

이 바보 같은 젊은이는 자신이 원하는 삶을 살며 행복해하는 모습을 보여드리는 것이 진정한 효도라는 것을 몰랐다. 그는 늘 자랑스러운 아들이었지만 그것이 그가 수재여서도, 의사가 될 사람이어서도 아니었다는 사실을 알지 못했다. 부모님에게 그가 소중한 까닭은 다만 자식이었기 때문이다. 살아 있는 것만으로도 눈물겨운 존재가 자식이라는 것을 그는 미처 헤아리지 못했다.

자식이 부모 마음을 어찌 헤아리겠는가. 장례지도사로 일할 때 수많은 죽음을 보았지만 돌아가신 부모를 안고 우는 자식은 거의 보지 못했다. 하지만 부모는 반드시 자식을 품에 안는다.

언제인가 변사체가 발견됐다는 연락을 받고 수습하러 간 날, 머리카락이 긴 것으로 보아 여자로 짐작할 뿐 형체를 알아볼 수 없는 시신 앞에서 모두가 코를 막은 채 멀리 떨어져 있었다. 그런데 그때 누군가 뛰어들어오더니 사체를 끌어안

고 울기 시작했다. 고인의 아버지였다. 아버지는 딸의 얼굴에
자신의 얼굴을 비비며 한참을 그 자리에 머물러 있었다.

　살아 있든, 죽었든, 부패했든 아버지에겐 그저 소중한 딸이
었던 것이다.

자식을 향한

작은 바람

무엇이 그리 급했던 것일까. 작업 절차를 채 설명하기도 전에 유족들은 우르르 안방으로 몰려갔다. 장롱 문을 열어젖혀 이불 사이를 뒤지고, 서랍을 빼내어 바닥에 뒤엎었다. 남자와 여자 총 다섯 명, 서로를 부르는 호칭으로 보아 고인의 딸과 사위, 아들인 듯했다.

　무슨 유서를 저리 요란하게 찾는 건가 했는데, 집문서 운운하는 소리가 들렸다.

"대체 어디다 숨겨놓은 거야?"

"금반지랑 금두꺼비도 있다더니 없는데?"

안방에서 아무것도 나오지 않자 가족들은 나머지 방과 거실을 샅샅이 뒤지기 시작했다.

어차피 전달해줄 것을. 가족들은 집 안을 뒤죽박죽으로 헤집으며 청소만 어렵게 만들어놓고 있었다. 아무리 의뢰인이고 소중한 고객이지만, 저런 사람들을 위해 청소를 해야 하나 하는 생각마저 들었다.

문 앞에서 기다리겠다고 말한 뒤 밖으로 나왔다. 찌는 듯한 여름이라 가만히 서 있기만 해도 땀이 흘렀다. 그렇게 삼십 분이 넘게 지났을까. 더 이상 시간을 지체할 수는 없었다. 이웃들이 퇴근해 집으로 돌아오기 전까지는 작업을 마쳐야 했다.

문을 열고 들어서는데 마침 가족들이 나오는 참이었다. 원하는 것을 못 찾았는지 얼굴들에 짜증이 서려 있었다. 첫째 사위인 듯한 이가 물건이 나오면 전달해달라고 요청했다. 물론이었다. 앨범, 휴대전화, 신분증, 각종 서류, 통장, 현금, 귀중품 등은 요청하지 않아도 확실히 전달한다.

가족들이 어지럽힌 통에 집 안은 더욱 정신이 없었다. 구역을 나눠 인원을 배정하고 유품을 분류하기 시작했다. 하지만 작업이 마무리될 때까지 가족들이 원하는 것은 나오지 않았다.

유품을 담은 박스들을 차량에 실으라고 지시한 후, 정리 중에 나온 앨범과 사진 액자를 닦았다. 전해주기 위해 나가보니 아파트 입구 쪽에 가족들이 모여 있었다.

"다른 물건은 없고 이것만 나왔습니다."

딸이 실망한 얼굴로 액자와 앨범을 받아들었다. 순간, 아들이 그것을 냅다 빼앗아들더니 한쪽에 세워두었던 우리 차량 적재함으로 집어던졌다.

"냄새도 심한 걸 뭐하러 가지고 가!"

요란한 소리를 내며 액자 유리가 깨졌다. 아버지와 어머니 두 분이 함께 찍은 사진이었다. 꺼림칙하다면 사진만 빼서 간직해도 될 것을.

나는 적재함으로 뛰어올라가 액자를 집어들었다.

"사진만 빼내면 괜찮을 겁니다."

그러고는 사진을 빼기 위해 액자 뒷면을 떼어냈다. 그 순
간 무언가가 툭 떨어졌다. 현금과 봉투였다. 액자 안의 스티
로폼 중간 부분을 잘라내고 넣어둔 것이었다. 가족들의 시선
이 일제히 적재함 바닥으로 쏠렸다. 아들이 뛰어왔다. 돈과
봉투를 주워들고 막 건네려는데 아들이 휙 낚아채 갔다.

가족들이 모두 다가오고, 아들은 돈을 세기 시작했다. 오백
만 원이라고 했다. 봉투에는 집문서가 들어 있었다.

나는 아들에게 사진을 내밀었다.

"이것만이라도 간직하시죠."

아들은 귀찮아하는 기색이 역력했지만 스스로도 민망했
는지 마지못해 받아들었다. 그에게는 집문서와 현금만이 중
요했다.

그 돈은 장례 비용이었으리라. 죽는 순간까지 남겨진 자식

들을 걱정하는 것이 부모다. 부모의 사진을 버리리라고는 생각하지 못했기에 현금과 집문서를 액자에 넣어놓았을 것이다. 그러나 자식들은 고인의 사진을 더도 덜도 아닌 쓰레기 취급했다. 아버지가 홀로 살다 돌아가시고 스무 날이 지나서야 그 사실을 알았는데 누구 하나 슬퍼하지 않았다. 고인의 시신을 처음 발견한 것도 자식이 아닌 옆집 할아버지였다.

이런 경우 가족들은 조금 더 일찍 발견하지 못한 것에 대해, 애초에 죽음을 막지 못한 것에 대해 후회하고 자책하며 가슴 아파한다. 그런 가족들을 볼 때마다 안타까워서 과연 위로가 될까 회의하면서도 위로의 말을 건네곤 했다.

그러나 그날은 가슴 아파하는 가족도 없었고 그러니 위로의 말을 건넬 필요도 없었다. 처음으로 사람에게 영혼이라는 것이 없었으면 좋겠다는 생각을 했다. 영혼이 있어서 고인이 이 모든 것을 지켜보고 있다면 그 심정이 어떨 것인가.

보는 이의 마음이야 어떻든 원하는 것을 얻은 가족들은 이제 볼일이 끝났다는 듯 총총히 사라졌다. 나만이 쓸쓸함을 감추지 못한 채 그 자리를 맴돌고 있을 뿐이었다.

국
화
한
송
이

어린 내가 누군가가 죽음을 맞이할 때마다 어른들은 아름다운 말씀을 해주셨다.

"천사를 만나러 멀리 하늘나라에 가셨단다. 이젠 이곳에는 못 오시지만 그곳은 몸도 마음도 아프지 않은 나라라서 행복하실 거야."

덕분에 나는 죽음에 대해 부정적인 인상을 갖지 않고 성장

할 수 있었다. 장례지도사 일을 하게 된 것은 우연이었지만, 죽음을 다루는 직업이라고 기피하지 않았던 것에는 이런 배경이 작용하지 않았나 싶다.

그러나 수년 동안 죽음과 근접한 현장에서 일하며 알게 된 것은, 어릴 적 어른들이 해주었던 말처럼 죽음이 아름답지만은 않다는 사실이었다. 그렇다고 추한 것도 아니다. 죽음은 그저 자연의 한 조각일 뿐이다.

꽃은 꽃대로 벌레는 벌레대로 그저 존재한다. 장미가 아름답고 송충이가 징그러운 것은 우리가 선입견을 갖고 그렇게 생각하기 때문이다. 실상은 그 무엇도 아름답거나 추하지 않다. 삶과 죽음도 마찬가지다.

가족을 잃은 사람들을 보며 우리는 함께 눈물 흘리고, 애도하고, 위로의 뜻을 표한다. 뉴스에 나오는 사건들을 보며 진심으로 슬퍼하고 안타까워하고 분노하는 것도 같은 마음이다.

"자식 잃고 무슨 힘으로 살아갈까."
"얼마나 힘들었으면, 가엾어라."
"저런 파렴치한 같으니."

그러나 바로 이웃에서 그런 일이 일어나면 사정이 달라진다. 우리 아파트에서 흉흉한 사건이 일어났다고, 옆집에서 사람이 죽었다고 불쾌해하고, 재수가 없다고 말한다. 죽음에 대한 불쾌함은 그것을 처리하는 사람에게까지 확장된다. 모든 현장이 그런 것은 아니지만 일을 하다가 배가 고파 들어간 식당에서, 우리 차량을 주차해놓은 길목에서, 사고가 일어난 집의 옆집에서 모욕을 당한 적이 많았다.

"기분 나쁘게 왜 남의 집 앞에 이런 차를 주차해 놔? 당장 차 빼!"

"그 집에 들어갔다 나왔다 하면서 밟고 다녔으니 우리 집 앞도 다 닦아놓고 가세요. 이사를 가든가 해야지 원, 재수가 없어서."

"이게 무슨 냄새야. 우리 식당에 곧 점심 손님들이 들이닥쳐서요. 다음에 오세요."

이 정도면 그나마 양반이다. 이놈 저놈은 예사고 온갖 욕에 소금 세례, 물바가지 세례까지 받는다. 계속 방치해놓으면 해충과 악취로 고생하는 건 본인들일 텐데, 그것을 방지하기

위해 일하는 우리가 격려는커녕 왜 이런 취급을 받아야 하는
지 서러울 때가 많았다.

그런 날 가운데 하루는 어린 딸아이를 붙들고 투정하듯 묻
기도 했다.

"오늘 아빠가 일하는데 식당에서 냄새난다고 밥도 못 먹
게 하고, 보이지도 않는 귀신 때문에 사람들이 아빠를 싫어
했어. 아빠 딸은 아빠한테서 냄새 안 나? 아빠한테 귀신 있
으면 어떻게 해? 안 무서워?"

딸아이는 내 질문에 귀여운 눈망울을 굴리며 한참을 고민
하다 되물었다.

"아빠, 사람은 죽으면 모두 어딘가로 가는 거지?"
"그렇지."
"그럼 아빠는 그 사람들 잘 돌아갈 수 있게 도와주는 거
지?"
"그렇지."
"그럼 그 사람들 아빠한테 되게 고맙겠다. 길 잃으면 무섭

고 싶은데 아빠가 길 찾아주는 거잖아. 근데 왜 아빠를 무서
워해?"

딸아이의 말에 아무 말도 할 수 없었다.

누군가는 해야 할 일. 결코 기분 나쁘거나 불쾌할 이유가
없는 일. 그러나 누구한테도 환영받지 못하고 몰래 숨어서 해
야 하는 일. 이것이 바로 이 직업의 모순이다.

지금도 장례식장에서 조문을 하고 돌아온 가족에게 소금
을 뿌리는 집이 있다고 들었다. 혹시 따라왔을지 모를 귀신을
물리치기 위해서라고 했던가. 죽음은 그렇게 두렵고 불쾌한
것으로 인식되어 왔다. 그러나 사랑하는 내 가족도 언젠가는
떠나보낼 날이 오고 나도 결국 세상을 떠날 것이다. 우리는
모두 죽게 되어 있다. 그것만큼 확실한 것이 또 있을까.

그냥 나보다 조금 먼저 떠난 이의 명복을 빌어주고, '저런
일을 하는 사람들도 있구나. 그래, 누군가는 해야 될 일이겠
지'라고 생각해주면 얼마나 좋을까.

그래서 국화를 들고 문 앞에 서 있던 그 여인이 아직도 잊
히질 않는지도 모른다.

어느 고독사 현장이었다. 고인은 화장실에서 죽음을 맞았

다. '발살바 효과balsalva effect'로 인한 심장마비 때문이었다. 숨을 참거나 갑자기 힘을 줄 때 순간적으로 뇌에 산소 공급이 차단되어 의식을 잃는 현상으로, 건강한 사람은 큰 문제가 안 되지만 혈관이나 심장 질환을 앓는 사람은 사망할 수도 있다.

한창 청소를 하는데 문 두드리는 소리가 들려 나가 보니 흰 국화를 든 여인이 서 있었다. 옆집에서 왔다고 했다. 금방이라도 울 것 같은 표정이었다.

"바로 이웃해 살면서도 몰랐어요. 너무 미안해서……."

여인은 화장실로 들어가더니 눈물 한 방울과 꽃 한 송이를 놓아두고 갔다. 흔치 않은 일이라 더욱 놀랍고 감동적이었다.

나는 그 여인에게 고인을 대신해 말하고 싶었다.

'기억하고 배웅해주셔서 고맙습니다.'

아들을 범죄자로 만든 | 신사임당

공문이 오지 않아 경위가 궁금한 사건이었다. 경찰서에서 전국범죄피해자지원연합회로 공문이 송달되면 그쪽에서 우리에게 다시 보내주기도 하는데 이번에는 없었다. 존속살해 현장이라는 이야기만 전해 들었다.

해당 지역의 사건·사고를 인터넷 뉴스로 검색해보았다. 용의자는 십 대 남자아이로 피해자의 아들이었다. 더 이상 자세한 기사는 없었지만 존속살해라는 사실 하나만으로도 충분히 끔찍했다.

여느 현장과 달리 범죄 피해 현장은 경찰이 남긴 지문 채취용 가루며 피해자의 저항 흔적 등 변수가 많다. 그래서 소지하고 있는 모든 장비와 약품을 동원해야 한다. 당일 아침 정신없이 챙기느라 빠뜨리는 일이 없도록 미리 준비해두고 이튿날 현장으로 출발했다.

넓은 평형의 고급 아파트였다. 거실도 어지럽혀 있지 않았고 주방도 깨끗했다. 안방이다 싶은 곳으로 가 문을 열었다. 그런데 방문이 이상했다. 방을 통째로 밀봉하려 했던 것일까. 본드 위에 실리콘, 그 위에 겹겹이 붙여놓은 테이프까지, 문 틈을 막아놓았던 흔적이 남아 있었다.

안방 침대 위는 피와 부패물로 흥건했다. 예전에 한 현장에서 겪은 일이 떠올랐다. 피를 얼마나 머금고 있었는지 이불을 들어올리자 피가 줄줄 흘러내렸다. 침대 위의 저 이불도 그럴 것 같았다. 피해자가 도망을 다닌 흔적은 없었다. 이런 경우 자고 있거나 술에 몹시 취해 있는 사람 또는 거동이 어려운 장애인에게 해를 가한 것이다.

다른 방은 어떤지 가보았다. 아들 방으로 보이는 방의 문을 열자 상장으로 도배되다시피 한 벽이 제일 먼저 눈에 들어왔다. 최우수상, 금상, 우수상, 우등상…… 모두 일등에게 주는 상이었다. 트로피도 큰 진열장 하나를 빈틈없이 채우고 있었다. 아들이 공부는 물론 다방면에서 뛰어나다는 걸 한눈에 보여주는 방이었다.

사건은 안방에서만 이루어진 듯했다. 다른 곳에는 전혀 흔적이 없었다. 지문 채취용 가루도 묻어 있지 않았다. 곧바로 정리를 시작하는데 그동안 아이의 친가 쪽 사람들이 계속 드나들었다. 그들이 주고받는 이야기 속에 사건의 경위가 숨어 있었다.

엄마, 아빠와 아들 하나, 세 식구였다. 여유 있고 단란한 가족이었다. 그런데 아이가 중학생이 되면서부터 엄마는 아들의 성적에 집착하기 시작했다. 잔소리하고, 강요하고, 협박하고, 매를 들며 지독하게 공부를 시켰다. 이 문제로 부부 사이는 급격히 나빠졌다. 자주 다퉜고 대화도 나눠보았지만 생각의 차이를 좁힐 수 없었다. 결국 아들이 고등학교에 들어갈 무렵 부부는 이혼을 했다.

이혼 후 아들의 성적에 대한 엄마의 집착은 더욱 병적으로 치달았다. 일등을 못하면 골프채로 때리고, 그것도 모자라 잠도 안 재우고 야단을 쳤다. 아빠가 떠나고 이제는 말려줄 사람도 없었다. 대신 일등을 하면 원하는 건 무엇이든 들어주었다.

원래 영특한 아이였다. 재미를 붙이도록 잘 이끌기만 하면 스스로 공부해서 크게 될 수 있는 아이였다. 그런데 엄마 때문에 공부에 압박감을 느끼고 성적에 공포를 느끼는 아이가 되어버렸다.

사건이 일어나던 날은 시험 성적이 나온 날이었다. 일등을 못한 아이는 그날도 엎드려뻗친 채 골프채로 체벌을 당했다. 내일 다시 이야기하자는 엄마의 말에 아이는 밤새도록 공포에 떨었다.

그날 밤이었을까, 아이가 자기 방문에 시험 사격을 했던 것은. 아이는 총을 가지고 있었다. 방을 정리하다가 권총이 나와 자세히 보니 시중에 파는 고급 장난감 총을 개조한 것이었다. 그러나 탄환은 플라스틱이 아니라 쇠였다.

총을 쏴보았던 모양이다. 방문 여기저기가 움푹움푹 패여 있었다. 칼도 여러 자루 나왔다. 대부분 휴대할 수 있는 작은 크기였지만 칼날은 간담이 서늘할 정도로 날카로웠다.

극도의 스트레스를 견디다 못해 무시무시한 무기들을 장난감 삼아 가지고 놀았던 것일까. 아니면 오랫동안 계획했던 것일까. 아이는 그렇게 잠재적 범죄자가 되어가고 있었다.

엄마가 자고 일어날 내일이 오는 것이 무서워서 아이는 범죄를 저질렀다고 했다. 잠든 엄마를 칼로 수차례 찌르고도 엄마가 살아서 문을 열고 나올 것 같아 방문에 본드를 발랐다.

며칠 뒤 부패가 시작되자 악취가 풍기기 시작했다. 아이는 김장용 비닐을 여러 개 구입해 사체를 겹겹이 싸놓았다. 그 때문에 부패 속도가 더 빨라지고 악취가 더 심해지리라곤 생각지 못했다. 방문 틈에 발라놨던 본드 위에 실리콘까지 덧발랐지만 그래도 악취가 새어 나오자 테이프를 여러 겹 덧붙였다.

범행이 발각된 건 아버지에 의해서였다. 매달 생활비를 보내주고 있었는데 아이 엄마와 계속 통화가 안 되자 아들에게 연락했다. 아들은 엄마가 외출해서 전화를 바꿔줄 수 없다며 계속 피했고, 수상하게 여긴 아버지가 집에 찾아왔을 때도 들어오지 못하게 했다. 아버지는 아들이 학교에 간 사이 열쇠 수리공을 불러 집에 들어왔다. 그리고 도저히 믿을 수 없는 광경을 목격했다.

부모로서 많은 생각을 하게 만든 현장이었다. 어디서부터 잘못된 것일까. 피해자는 왜 그토록 아들의 성적에 집착했을까. 결국 고3짜리 아들을 살인자로 만들고 자신은 그 살인 사건의 피해자가 되고 말 것을.

피해자는 아들을 사랑했을 것이다. 아니 사랑한다고 믿었다. 그래서 아들의 장래를 위해 그토록 무섭게 공부를 시켰을 것이다. 머리 나쁜 아이라면 몰라도 우리 아들은 똑똑해서 조금만 독려하면 전교 일등도 만들고 서울대도 보내고 의사도 판사도 만들 수 있다고 믿었다. 조금만 더, 조금만 더. 당근과 채찍을 번갈아 사용하며 아이를 몰아붙였다.

그렇게 고3까지 왔고, 피해자는 아이가 공부를 잘하는 건 다 자신 덕분이라고 믿었다. 그러나 여전히 부족했다. 일등이어야 했다. 고지가 바로 코앞이었다. 조금만 더 가면 목표점에 다다를 수 있었다. 더 자주 채찍을 들었다. 골프채를 휘두르고, 잠을 재우지 않고 훈계했다.

왜? 사랑하기 때문에. 하나밖에 없는 내 아들이 밑바닥 인생을 살게 하지 않기 위해서. 중간층은 없다. 밑바닥과 꼭대기, 갑과 을이 있을 뿐이다. 앞날이 보이지 않는 시대, 그나마 공부만이 희망이고 웬만큼 독하지 않으면 살아남지 못한다. 이 정도는 참아내야 한다. 골프채를 휘두르며 피해자는 스스로를 합리화했다.

그러나 사랑이 아니었다. 자기만족을 위한 도구로 아들을 이용했을 뿐이다. 공부 잘하는 아들이 아니면 어디서도 자신의 가치를 확인할 수 없을 만큼 자존감이 낮은 엄마였다. 그래서 '전교 일등 엄마', '아들을 서울대 보낸 엄마'라는 타이틀을 얻기 위해 아들의 성적에 집착했다. 그 타이틀이 얼마나 대단한 것인지 엄마는 알고 있었다.

이 시대의 신사임당은 자식을 명문대에 보낸 엄마다. 얼마나 훌륭한 어머니인가는 자식을 어느 대학에 보냈느냐에 따라 결정된다. 자식들을 줄줄이 서울대에 보낸 엄마는 매스컴의 조명을 받고, 자식을 어떻게 공부시켰는지는 '누구누구네 공부법'이라는 제목을 달고 책으로 나와 베스트셀러가 된다.

살림에 소홀해도, 남편을 못 챙겨도, 부모님을 보살피지 못해도 아이가 공부를 잘하면 너그러이 용서된다. 그렇게 아이 공부에만 신경을 써서 명문대에 보내면, 자식 잘 키웠다고 인정받고 훌륭한 엄마로 칭송받는다. 그러나 아이가 명문대에 들어가지 못하면 겨우 그 학교 보내려고 가정에 소홀했냐는 비난을 듣게 된다.

이 어머니 역시 인정받고 싶었을 것이다. 그것을 위해 이혼을 불사했고 병들어가는 아이의 마음을 외면했다. 그래서 더더욱 아이는 일등을 하고 명문대에 들어가야 했다. 그렇지 못할 경우 자신의 인생은 완전히 실패한 것이 될 테니까. 그

러나 우리는 알고 있다. 이 가엾은 어머니의 인생은 철저히
실패로 끝났음을.

아들은 범죄 사실이 들통나 형사에게 끌려가던 날, 아버지
를 바라보며 이렇게 말했다고 한다.

"아빠, 무슨 일이 있어도 나 안 버릴 거지? 내 옆에 있을
거지?"

부모의 사랑이 너무나 고팠던 아이. 그러나 사랑 대신 몸
과 마음에 상처만 받았던 아이. 누가 과연 이 아이에게 돌을
던질 수 있을까. 아이의 내민 손을 잡아주지 않았던 우리 어
른들의 잘못은 아니었을까.

나 여기서 죽어도 돼요?

봄이 왔지만 꽃샘추위 때문에 찬바람에 살갗이 아린 날이었다.

현장은 반지하 단칸방이었고, 유품을 정리하는 내내 집주인 할아버지는 자리를 지키며 돌아가신 할머니에 대해 이야기해주셨다. 할머니의 아들은 옆에 서서 가만히 듣고, 딸은 계속 눈물을 흘렸다.

일층 대문 앞에 의자를 놓고 볕을 쬐는 게 할머니의 하루일과의 반이었다고 했다. 그렇게 볕을 쬐며 성경 책을 읽거나 가만히 눈을 감고 계셨다고.

잠깐의 정적이 흐른 뒤 아들이 입을 열었다.

"계속 모시고 살겠다고 말씀드렸는데 한사코 싫다 하셨어요. 너희들이 불편할 것 같아서가 아니라 내가 불편해서 싫다고 하셨지만, 자식들한테 짐이 되기 싫으셨던 거죠."

도저히 설득할 수 없어서 작은 전셋집을 얻을 돈을 마련해드렸다. 하지만 월세로 방을 구해놓으시고선 나머지 돈은 잘 가지고 있다가 나 죽을 때 돌려주겠노라 하셨다.

그토록 자식들에게 짐이 되는 걸 염려하던 할머니의 사인은 급격한 저혈당으로 인한 쇼크사였다. 어쩌면 자식들에게 병구완 시키지 않고 돌연히 세상을 뜰 수 있었던 것을 할머니는 고맙게 생각하시지 않았을까.

"제가 불효자식입니다."

아들은 침울한 얼굴로 몇 번이나 자책했다.

필요한 집기 몇 가지뿐 워낙 깨끗한 집이라 정리는 순식간에 이루어졌다. 자잘한 짐들이 모두 나가고 마지막으로 옷장 하나가 남았다. 우리 직원이 옷장을 들고 나가려는데 서랍 밑에서 무언가를 발견하고 나를 불렀다.

수의였다. 그런데 버선에서 무언가가 만져졌다. 꺼내보니 종이봉투였다. 아들에게 봉투를 건네주었다. 아들은 봉투를 열어보고는 아무 말도 하지 못했다.

"오빠, 왜 그래?"

아들은 동생에게 봉투를 내밀었다. 동생이 안에 든 것을 꺼냈다. 이천오백만 원짜리 수표였다. 그리고 초등학생 정도로 보이는 남매의 사진. 고인이 얼마나 자주 만지작거렸던지 손때가 묻어 누렇게 변색되어 있었다.

아들은 털썩 주저앉더니 목놓아 울기 시작했다. 눈물만 흘리던 딸도 소리 내어 울었다.

주인 할아버지는 한숨을 내쉬었다.

"자식들이 발견하기 쉬우라고 수의 버선에다가 넣어놨나 보구만……. 이 노인네가 처음에도 그랬어. 웬 할머니가 혼자 집을 보러 왔더라고. 차림새도 깨끗하고 곱게 늙은 할머니였지. 집 보러 온 날 바로 계약을 했어. 며칠 뒤 이사 들어온 날 이사 잘했나 들여다보러 내려갔지. 그때 할머니가 조용히 그러더라고.

'할아버지, 내가 나이도 있고 여기서 살다보면 저세상에 갈 수도 있는데…… 나 여기서 죽어도 돼요?'

우리 같은 늙은이는 다들 그렇거든. 이제나 죽을까, 저제나 죽을까, 자다가 조용히 죽어야 할 텐데, 그러잖아. 그래서 별 뜻 없이 괜찮다고 했지. 그런데 이렇게 빨리 죽을 줄 누가 알았누……."

할아버지가 말씀하시는 동안 자식들의 울음소리는 잦아들었지만 그래도 눈물은 멈추지 않았다. 조금 진정이 된 아들이 말했다.

"어르신, 정리하고 도배랑 장판도 다시 해놓겠습니다. 죄송합니다……."

"그럴 필요 없어. 나는 분명 할머니한테 여기서 죽어도 된다고 말했잖아. 짐만 빼면 얼른들 돌아가시게. 도배랑 장판은 다시 사람 들일 때 하면 되고."

"아니에요, 저희가 다 하겠습니다."

"어허, 필요없대도. 얼른들 하고 돌아가. 나도 나이가 들어서 계속 서 있었더니 피곤하네."

할아버지는 다시 한 번 손사래를 치며 말씀하셨다.

"돌아가. 월세 밀린 것도 없고 계약 기간 남았다고 세 받을 생각 없어. 보증금 그대로 남아 있으니 딸내미 시켜서 보내라고 할게. 큼지막하게 계좌 번호나 하나 써주고 가시게나."

할아버지는 혼잣말처럼 조용히 말하고는 돌아서서 나가셨다.

"내가 그래도 된다고 했어."

꽃샘추위도 물러나는가. 작업을 마치고 나오니 차가웠던 바람은 잦아들고 햇볕이 따뜻했다. 어느새 봄이었다.

그리움이

만들어 낸 중독

그토록 물건이 많은 집은 처음이었다. 쓰레기가 산더미처럼 쌓인 집을 청소한 적은 여러 번이지만, 이번에는 쓰레기가 아니라 새 물건들이었다.

제일 먼저 눈에 들어온 것은 진열장에 죽 늘어서 있는 각종 양주 병들. 애주가였던 모양이라고 생각했다. 그런데 마시고 난 빈 술병들이 보이지 않았다. 양주 병들도 개봉된 것이 하나도 없었다.

이상한 것은 또 있었다. 고인은 혼자 살던 남성인데 여성

화장품들이 가득했다. 치약이며 칫솔, 샴푸, 세제 등 각종 생필품도 한 종류에 수십 개씩이었다. 컵도 커피 잔부터 와인 잔, 플라스틱 컵부터 머그 컵까지 수두룩했고 그릇이며 조리 기구도 별별 것이 다 있었다.

일일이 열거하기 힘들 만큼 많은 종류의 물건 수천 개가 집 안에 빼곡했다. 포장도 뜯지 않은 새것들이라 분류하다 보니 아까운 생각이 들었다. 혹시 가져갈 것이 있느냐고, 포장만 제거하면 사용해도 괜찮을 거라고 했더니 아들은 단호히 고개를 저었다.

"죄다 버려주세요."

치가 떨린다는 듯한 표정이어서 더 이상 권하지는 못하고 다시 작업을 하는데 아들이 누군가와 통화를 하기 시작했다.

"하나도 변한 게 없어, 물건이 수천 개는 될 거예요. 다 버리라고 했죠. 됐어요, 뭐하러 가져가요. 우리가 거지예요? 돈 주고 산 건 하나도 없을 텐데, 그런 거 쓰고 싶지 않아요."

통화 내용이 하도 이상해서 다가가 에둘러 물어보았다.

"고인께서 유통업 쪽 일을 하셨나 봐요?"

아들은 잠깐 멈칫하더니 한동안 입을 열지 않았다. 다시 작업을 하려는데 아들이 입을 뗐다.

"도벽이었습니다. 아주 심한 도벽. 파출소도 여러 번 갔지만 다행히 물건 주인들이 좋은 분들이라 교도소까지 가는 일은 없었죠."

유가족들의 가슴속에는 많은 이야기가 담겨 있다. 그러나 대개는 먼저 입을 열지 않는다. 하지만 질문을 던지면 기다렸다는 듯 수많은 이야기가 쏟아져 나온다.

"아버지가 도벽이 심했어요. 매번 파출소에 가서 모시고 와야 했죠. 사과하고 빌고 또 빌어야 했어요."

아들은 슬픈 눈으로 집 안을 천천히 둘러보았다.

"건설 현장에서 일하셨어요. 퇴근할 때 마트에 들러서 필요한 물건들을 사오시는 거라고 생각했죠. 엄마도 파출부로 일하시고 저도 일을 하느라 밤에 얼굴만 잠깐 볼 정도로 바빴거든요. 그런데 어느 순간부터 집에 물건들이 늘어나기 시작하더라고요. 우리에겐 필요 없는 물건들도 많고 드시지 않는 술도 있었죠. 이상했지만 훔쳤을 거라곤 상상도 못했습니다. 아버지의 취미가 도둑질이라고 생각할 자식이 어디 있겠습니까."

예전 생각이 나서 마음이 괴로운지 아들은 털썩 주저앉아 눈물을 훔치기 시작했다.

"어느 날 파출소에서 연락을 받았습니다. 물건을 훔치다가 주인에게 붙잡혀서 와 있다고 하더군요. 순간 망치로 머리를 맞은 듯했어요. 지금까지 이상하다고 생각했던 게 정리가 되기 시작했죠. 여기저기서 물건을 상습적으로 훔친 겁니다. 파출소에 가서 마트 주인에게 사과를 했습니다. 주인이 그러더군요. 웬 아저씨가 아무것도 안 사면서 매일 오기에 유심히 봤더니 물건을 훔치더라고. 계속 사과를 했습니다.

어머니한테는 말도 하지 못했어요."

아들은 눈물을 닦고는 다시 차분해진 얼굴로 말했다.

"그동안 가지고 왔을 법한 물건들 값을 계산해 지불하겠다고 약속하고 사과를 드리니 용서해주셨어요. 하지만 그때 아버지가 처벌을 받았다면, 차라리 교도소에 갔더라면 도벽을 고치지 않았을까 하는 생각이 지금도 머릿속을 떠나지 않습니다."

"아버님과 대화는 해보셨어요?"

"한두 번 이야기한 게 아닙니다. 부탁도 드려보고, 화도 내보고, 울며 빌어도 봤죠. 그때마다 다신 안 그러겠다고 하셨고 저도 다시 예전의 아버지로 돌아오실 거라 믿었어요. 하지만 변하는 건 없었고 결국 어머니도 알게 됐죠. 다 같이 죽자며 연탄을 사오라고 하실 만큼 어머니의 충격은 컸어요. 그래도 나아지지 않았습니다. 우리 힘으로 막을 수 있는 도벽이 아니었어요. 결국 부모님은 이혼을 하셨고 저는 어머니와 함께 살았습니다. 삼 년 정도 된 것 같네요. 아버지의 도벽을 알게 되기 전까진 조용하고 편안한 가족이었어요. 부모님 모두 열심히 일하셨고 저도 제 앞가림은 해야 한다는 생각에 늘 아르바이트를 했죠. 작지만 저희 집도 있었고요. 아버지가 그런 짓만 하지 않았더라면⋯⋯."

아들은 더 이상 말을 잇지 못했다. 한참을 그 자리에 서 있다가 고개를 푹 숙이고는 밖으로 나가버렸다.

아들은 스물대여섯 살 정도로 보였다. 얼추 계산해보니 아들이 고등학교를 졸업하고 일을 하면서부터 아버지의 도벽이 시작된 것 같았다. 결국 이혼까지 갔지만 고인은 도벽을 고칠 수 없었다. 오히려 더 심해졌다. 만약 가족과 함께 살았다면 훔쳐온 물건으로 집 안을 마트 창고처럼 만들어 놓을 수는 없었을 것이다.

언젠가 텔레비전에서 정신과 의사의 이야기를 들었다. 도벽은 정신병의 일종으로 애정 결핍에서 시작된다고 한다. 관심받고 사랑받고 싶은 욕구, 외로움은 종종 틱 장애나 저장강박증 같은 이상 행동으로 변형되어 나타나고, 도벽 역시 그 가운데 하나라고 했다.

고인은 외로웠다. 그래도 아들이 학교에 다닐 때는 부인이 저녁도 차려주고 가족이 함께 식사도 하며 짧지만 도란도란

대화도 했을 것이다. 그러나 아들이 졸업을 하고 일을 하게 되면서 부인도 늦게까지 일을 하고, 퇴근해 들어오는 그를 맞아주는 것은 텅 빈 집뿐이었다.

아무도 없는 집에 들어가고 싶지 않았지만, 술도 못하는 그는 퇴근 후 동료들과 어울리기도 힘들었다. 그래서 집으로 돌아가는 대신 매일 마트를 찾아갔다.

처음부터 의도한 것은 아니었을 것이다. 문득 훔치고 싶은 욕망이 들었고 의외로 쉽게 욕망이 충족되자 도벽은 점차 대담해졌다. 잘못인 줄도 알고 발각되면 철창신세를 지게 될 수 있다는 것도 알았다. 하지만 멈출 수 없었다. 주인에게 망신을 당하고, 파출소에 끌려가고, 자식에게 알려지는 수치를 겪고, 이혼까지 당하고서도 그만둘 수 없었다.

그는 물건을 훔칠 때만 외로움을 잊을 수 있었다. 집 안에 물건을 쌓아놓으며 공허한 마음을 채워갔다. 그러나 마음은 결코 물건으로 채워지는 것이 아니다. 외로움이 주는 고통이 너무나 컸던 그는 결국 스스로 목숨을 끊고 말았다.

남편의 도벽 사실을 알고 충격에 휩싸인 부인이 다 같이 죽자며 사오라고 했던 연탄, 그것이 죽음의 도구였다. 이혼한 지 삼 년, 도벽이 시작된 지 육 년 만이었다.

고인이나 가족이 도벽을 치료가 필요한 병이라고 인식했더라면 그 같은 비극은 일어나지 않았을 것이다. 자기 자신을 그리고 남편과 아버지를 상습적인 절도범이 아닌 마음이 아픈 환자로 보았다면, 그는 죽음에 이르는 절망에 빠지지 않았을지도 모른다. 가족들 역시 그를 원망하고 외면하는 대신 성실한 가장에 대한 애정과 신뢰를 회복했을 것이다. 더 깊이 중독되기 전에 적극적으로 도벽을 치료했더라면.

게임, 스마트폰, 쇼핑, 음식, 술, 관계, 도박……. 많은 이가 무언가에 중독된 채 살아가고, 우울증에 시달린다. 그러나 중독을 치료해야 할 심각한 병으로 보는 시각도 부족하고, 우울증을 앓는 사람을 이해하고 지원하려는 노력도 부족하다.

원인이 무엇인지 깊이 들여다보기보다는 겉으로 드러난 증상에만 주목하고 판단하며 비난한다. 새벽부터 일어나 폐지를 주우며 살아가는 노인들도 많은데 먹고살기 편하니 한가하게 우울증이나 걸린다고, 나약한 사람들이 배가 불러 걸리는 병이 우울증이라고 생각하기도 한다.

돌이켜보면 내가 그랬다. 현장에서 고인의 사연을 전해들을 때면 삶이 얼마나 힘들었으면 그랬을까 충분히 이해를 하면서도, 막상 일을 마치고 집에 들어가면 힘들다는 아내의 말에 배부른 소리 하지 말라는 말이 튀어나오곤 했다.

시간 맞춰 오는 것이 아닌 죽음의 속성상 이 일은 주말도 없고 밤낮도 없다. 나는 그것이 힘들고, 아내는 내가 없는 빈자리에서 두 아이를 키우며 살림을 꾸려나가고 홀로 시가와 친정을 챙기는 것이 힘들다. 아내의 잔소리는 힘들다는 하소연이고 가족들도 좀 돌아봐달라는 요청이었다. 그러나 나는 내가 힘든 것만 생각했다. 아내의 힘듦은 이해하지 못했다.

고인과 가족들도 마찬가지였을 것이다. 더 나은 삶을 위해 각자의 자리에서 열심히 살았지만 서로의 고통을 이해하지 못했다. 가족들은 외로움에 마음의 병이 깊어가는 고인을 이해하지 못했고, 고인은 자신의 행동으로 고통받는 가족들은 이해하지 못했다. 끝내 서로를 이해하지 못한 것이다.

외로움을

우정으로

시간이 멈춰버린 집이었다. 오랜 세월 쌓여 있던 신문들은 삭아서 만지면 모래성처럼 무너져 내렸다. 이 집에 갇혀 있던 삼십 년 동안, 신문을 정독하는 일은 고인의 가장 중요한 일과 중 하나였다. 바깥세상이 어떻게 돌아가는지 알 수 있는 유일한 창구인 데다 기사와 기사 사이에는 가택 연금이 언제 풀릴지에 대한 힌트가 숨어 있었기 때문이다.

　그러나 정작 가택 연금에서 풀려났을 때, 그는 밖으로 나가지 못했다. 갇혀 있는 삶에 너무 익숙해진 탓이었다. 그의 나이 이미 여든이었다.

지인을 통해 청소를 의뢰한 사람은 고인의 조카로 현직 부장 판사였다. 고인 역시 부장 판사를 지내다가 그 시절 정권이 교체되면서 가택 연금을 당했다. 누구나 들으면 알 법한 법조계 집안이라 했다.

하지만 변호사라는 신분도 부장 판사 경력도 그가 세상에서 잊히는 것을 막아주지는 못했다. 그는 외톨이가 되었다. 결혼하지 않았기에 새로 이룬 가족도 없었다. 세상이 그를 잊고 친지들도 형제들도 차츰 그를 잊었다. 결국 그조차 자신을 잊었다. 삼십 년 전에 시간이 멈춰버린 곳에서 이제는 그 흔적조차 지워야 하는 것이 나의 일이었다.

청소가 마무리될 무렵 지인이 전화를 걸어왔다. 진행 사항을 설명한 다음 궁금했던 것을 물어보았다.

"가택 연금이 풀렸는데 왜 계속 혼자 사셨던 겁니까?"

"같이 살 사람이 누가 있나. 형제들도 다 늙거나 죽고, 그렇다고 조카들이 모시겠나. 부모도 안 모시는 세상에."

"하긴 그러네요."

"은둔형 외톨이 같은 분이었다던데. 바깥출입도 통 안 하

고 집에만 계셨다고. 학수고대하던 가택 연금에서 풀려나고
도 스스로를 가택 연금시킨 거지."

　변해버린 세상은 여든의 노인에게 공포였을 것이다. 그렇
게 고인은 은둔형 외톨이가 되었다. 세상에게 버림받고 가족
에게 버림받았으니 어떤 사람도 자신을 받아주지 않으리라
생각했다. 그래서 밖에 나가 사람들을 만나는 대신 집 안에서
외로운 죽음을 선택했다.

　외로운 사람들이 참 많다. 내가 매일 다니는 현장이 대개
외로운 사람들의 집이다 보니 더 그럴 것이다. 그래도 슬픈
이야기들만 있는 것은 아니다.
　고인은 아파트 경비원이었고, 시를 썼다. 시를 써놓은 스프
링 노트가 수십 권이나 되었다.

　"시를 좋아하셨나 봐요."

　작업을 지켜보며 서 있는 의뢰인에게 물었다. 같은 아파트
에서 경비원으로 일하는 동료이자 친구라고 했다.

"응, 아주 심성이 착하고 성실하고 마음이 여린 사람이었어. 누구한테 싫은 소리 한 번 못하고 법 없이도 살 사람이었지. 매일 시집을 바꿔 가지고 다니며 틈틈이 읽고 직접 시를 쓰기도 했고. 나는 그런 데 관심이 없으니까 매일 잔소리를 했지. 더 나이 먹기 전에 장가를 갈 생각을 해야지 그런 게 다 무슨 소용이냐고 말이야."

동료는 잠시 말을 멈추더니 손등으로 눈물을 훔쳤다.

"돈 벌어서 시집이나 사고 공책이나 사고 노숙자들을 불러서 밥을 해 먹였어."

"노숙자들을요? 보통 사람 같으면 지저분하다고 집에 들일 생각도 안 할 텐데. 훌륭한 분이셨네요."

"한두 번이 아니었어. 하루가 멀다 하고 열댓 명씩 노숙자들이 이 집에 몰려와선 밥을 얻어먹고 가. 그 바람에 관리 사무실에 몇 번이나 불려갔다고. 그래도 아랑곳하지 않고 자기 친구들이라고 감싸며 계속 불러서 먹이더라고."

많은 사람이 일하고 거주하는 주상 복합 오피스텔이었다.

한 명만 드나들어도 눈살을 찌푸릴 텐데 하루에도 열댓 명씩 몰려오는 노숙인들을 입주민들이 곱게 볼 리가 없었다.

"몸도 안 좋은 사람이 병원 좀 다니라고 말해도 자긴 아무렇지도 않다는 거야. 병원비는 아끼면서 그 돈으로 노숙자들 밥이나 해 먹이고 있으니 하도 답답해서 나도 더 이상 신경 쓰고 싶지 않았지. 그런데 일도 안 나오고 연락이 안 되는 거야. 더 일찍 와봤어야 하는데…… 가족이고 친척이고 아무리 찾아도 없더라고. 친구라곤 나밖에 없고. 노숙자들 아니었으면 장례식장이 텅텅 빌 뻔했지. 밥 얻어먹던 사람들이 이 사람 죽은 걸 어떻게 알고 죄 찾아왔더라고."

"장례식장에요?"

"응. 누가 봐도 노숙자 행색인데 그런 사람들이 떼거리로 몰려오니 장례식장 직원들은 뭐 얻어먹으러 온 줄 알고 못 들어오게 막았지. 그랬더니 아무것도 안 먹을 테니 들어가게만 해달라고 사정을 하는 거야. 가족도 없는 사람인데 마지막 가는 길마저 외롭게 할 순 없다면서. 차림새는 딱 노숙자인데 어디서 씻고 왔는지 머리며 얼굴이며 깔끔하게 하고 와서는…… 서른 명은 되는 것 같았어."

"서른 명이나요?"

"그러니까 말이야. 월급이라고 백몇십만 원 받아서 월세 내고 공과금 내면 뭐가 남아. 자기 몸 생각했으면 이렇게 죽었겠냐고. 그렇게 잔소리를 해도 안 듣고 서른 명이나 되는 노숙자들 밥 해 먹이다 저는 죽어나가고."

"그래서 노숙자 분들은 다 돌려보내셨나요?"

"직원들한테 사정을 설명하고 들여보냈지. 우르르 들어와서 말 한마디 없이 가만히 앉아 있더라고. 그래도 조문객인데 식사를 대접하려니까 주지 말라는 거야. 여태 이 사람한테 얻어먹었는데 가는 길까지 찾아와서 얻어먹을 수는 없다고. 염치없게 매일 찾아가서 얻어먹고, 죽어야 하는 자기들 대신 아까운 사람이 죽어버렸다고 울더라고."

동료는 잠시 말을 멈추고 긴 숨을 내쉬었다.

"쥐 죽은 듯 조용히 있었어. 누구 하나 떠드는 사람도 없고 조는 사람도 없고. 다음 날 바로 발인했지. 올 가족도 없으니. 화장해서 보낼 때까지 따라와서 조용히 있다가 다들 어디론가 흩어졌어."

순간 눈물이 핑 돌아서 나는 아무 말도 할 수 없었다.

"착한 사람. 노숙자들도 불쌍하고. 에휴."

착한 사람. 그렇다. 고인은 착한 사람이었다. 그리고 외로 운 사람이었다. 그가 쓴 시만 봐도 알 수 있었다. 그러나 노숙 인들이 불쌍해서 박봉을 털어 밥을 해 먹인 것은 아닐 것이 다. 그는 누구를 불쌍하다고 생각하지 못할 만큼 착한 사람이 었다.

고인은 그저 친구들에게 식사를 대접했던 게 아닐까. 집에 손님이 오면 우리는 차를 끓이고 과일을 깎아 내가고 새로 밥 을 짓고 국을 끓여 식사를 대접한다. 누구나 그렇게 한다. 고 인도 마찬가지였을 것이다.

노숙인들은 내 집에 찾아오는 반가운 친구들이었다. 함께 그날의 일상을 나누고 TV 앞에 모여 축구 중계도 보고 밥도 해 먹는 마음 편한 친구들 말이다. 그렇게 서로의 외로움을 나 누었을 것이다. 그래서 월급의 대부분을 써도 아깝지 않았다.

불쌍한 이들을 거둔 착한 사람과 은혜를 잊지 않은 노숙인 들. 우리가 그들의 관계를 이렇게 한정 지어 볼 뿐, 그들 사이의 우정을 느끼지 못하는 것은 더 이상 우리가 그런 우정을 나누며 살아가지 못하고 있기 때문일 것이다.

사랑도 우정도 내게 손해인가 이익인가를 따지고, 잘나가는 친구한테는 없는 용건도 만들어 전화하면서 사정이 어려운 친구와는 연락을 끊는다. 도움이 안 되는 친구는 친구도 아니다. 이런 인간관계 속에 사는 한 우리는 고인과 노숙인들의 우정을 이해할 길이 없다.

다른 사람 눈에 고인은 가족도 없고 친척도 없는 외톨이였다. 아파트 경비를 하며 쓸쓸히 살아가는 노총각이었다. 그리고 고인 스스로도 몹시 외로워했다. 하지만 친구들이 있었기에 외로움을 나눌 수 있었고, 마지막 가는 길이 쓸쓸하지만은 않았다.

다시금 나 자신은 주변 사람들과 어떤 관계를 맺으며 살아가고 있는지 반성하게 된다. 누군가 우정이란 '서로의 무거운 짐을 함께 나눠 지고 가는 관계'라고 말했다. 우리는 그렇게 서로를 의지하며 이 험난한 세상을 함께 살아가는 존재들이 아닐까.

2장

할머니는 그렇게 내일을 준비했다.
지나간 날들을 후회하는 대신,
새벽같이 일어나 폐지를 줍고 저녁이면 성경을 필사하고
가끔 복지관에 나가 종이접기를 배우면서
오늘을 열심히 살고 미련 없는 내일을 준비했다.
문득 부끄러워졌다.
내일을 위해서라는 명분 아래 오늘을 살지 못하고
어제를 후회하는 내 모습이 보였다.
나는 그날 멋진 할머니를 만났다.

어떤 삶을 살든 우리는 소중한 사람

우리는
천국으로의 이사를 돕는 사람들이다

현실을

버텨내는 용기

죽기 전까지 어떻게든 살아가기 위해 홀로 발버둥쳤던 젊은 이들, 그들이 마지막까지 머물렀던 곳은 대부분 '원룸텔'이나 '고시텔'이라는 이름의 방 한 칸이다.

그곳 역시 원룸텔이었다. 건물주는 많은 사람이 공동으로 거주하는 곳이니 조용히 작업해달라고 부탁했다. 민원이 발생할까 봐 전전긍긍하는 눈치였다. 소문이 나면 입주자를 받기가 어려울 수도 있다. 집주인에게 그보다 두려운 것은 없을 터였다.

유니폼을 입지 않고 갔다. 유니폼에는 회사명이 쓰여 있어, 포털사이트 검색창에 이름만 써넣으면 우리가 어떤 일을 하는지 단번에 알 수 있었다.

현장에 도착해보니 유난히 파리가 많았다. 건물 입구에도, 계단에도, 이층 복도 천장에도 수많은 파리가 들러붙어 있었다. 집 안은 더 말할 것도 없었다. 벽과 천장이 모두 새까맸다. 시체가 방치된 지 4주 이상 지난 것 같았다. 집 내부뿐 아니라 건물 전체의 방역과 소독, 탈취가 필요해 보였다.

우선 집 안에 다량의 살충제를 분사했다. 살충제에 파리뿐 아니라 사람도 죽을 것 같아 황급히 문을 닫고 나왔다. 십 분쯤 후에 다시 들어가보니 몇 마리를 제외하곤 모두 바닥으로 떨어져 윙윙 소리를 내고 있었다. 빗자루로 쓸어 담으면 파리 사체가 훼손되어 악취가 나기 때문에 청소기로 모두 빨아들였다. 워낙 많은 양이라 빨아들이고 비우고 빨아들이고 비우기를 수도 없이 반복했다.

파리를 모두 제거한 후 청소를 시작하려고 보니 책상 위에 대입 재수학원 수강증이 놓여 있었다. 스무 살은 됐을 텐데 사진 속의 고인은 앳되기만 했다.

기계공학 관련 책과 전기 관련 자격증 수험서들도 보였다.

책상 앞에는 이런 글도 붙어 있었다.

'한국전력공사에 입사하게 된 새내기 ○○○입니다.'

대학에 가면 기계공학을 전공하고 관련 자격증을 취득해 한전에 취직하는 것이 목표였던 모양이다. 아직 재수 상태인데 대학 전공 서적과 자격증 관련 책까지 사놓았다. 그만큼 간절해 보였다. 그토록 분명한 목표가 있는데 어쩌자고 겨우 스무 살에 죽음을 택한 것일까.

이런저런 생각 속에 서랍을 정리하는데 커피 전문점 로고가 박힌 유니폼이 나왔다. 아르바이트를 했던 모양이다. 녹록치 않은 생활이었겠다는 생각이 들었다. 원하는 대학에 들어가려면 온종일 공부만 해도 모자랄 텐데 돈까지 벌었다. 무슨 연유인지 가족과 떨어져 혼자 지내면서…… 끼니는 제대로 챙겨 먹었을까.

젊은 시절, 나 역시 한동안 고시원 생활을 한 적이 있다. 군을 제대하자마자 바로 서울에 올라와 다단계부터 주차 도우미, 대리운전, 노가다까지 할 수 있는 일은 모조리 했다. 또래가 모는 고급 승용차를 대리운전할 때는 자신이 너무 초라하게 느껴지기도 했다. 아래층 식당에서 올라오는 음식 냄새에 환장을 하겠는데 내 손에는 김밥 한 줄만 들려 있던 시절이었다. 늘 허기가 졌다.

이 어린 청년의 생활이 어땠을지 생각하니 안쓰러웠다. 군대도 다녀오지 않은 아이였고, 일만 한 게 아니라 대학 입시를 준비하고 있었다. 스스로 생계를 꾸려가면서 동시에 수능을 준비하기란 결코 쉬운 일이 아니었을 것이다.

목표를 이루려면 일단 대학에 합격해야 했다. 대학에 들어간 후에 취업에 필요한 가산점을 받기 위해 자격증을 따야 하고, 영어 학원을 다니고 어학연수도 다녀와서 토익 점수도 잘 받아야 한다.

아침부터 저녁까지 학원에서 공부한 다음 밤에는 아르바이트를 하고 돌아와 침대에 쓰러지는 날들. 어느 날 문득, 청년은 그 모든 것이 불가능하다는 사실을 깨달았던 것이 아닐까.

공기업 입사, 훌륭한 목표다. 하지만 정말 하고 싶은 일이었을까. 내가 좋아하고 소질이 있는 일이어서가 아니라 남들이 선망하는 안정적인 직업이라 목표로 삼은 것은 아니었을지. 동화의 끝이 으레 '왕자와 공주는 오래도록 행복하게 살았습니다'이듯, 요즘 젊은이들의 꿈은 하나같이 '이름 있는 대학을 나와 대기업에 취직해서 내 집을 장만하고 화목한 가정을 이루어 산다'인 것 같다. 불안한 사회가 젊은이들을 틀에 박힌 모습으로 만들어내고 있다.

다시 한 번 내 젊은 날이 떠올랐다. 뚜렷한 직업 없이 닥치는 대로 일하며 돈을 벌던 그때, 친한 친구의 죽음을 계기로 우연한 기회에 장례지도사가 되었다. 장례지도사라는 말도 없던 때라 참으로 열악한 환경이었다. 지금은 체계적인 교육과정을 거친 후 장례지도를 맡게 되지만 그때는 첫날부터 현장에 뛰어들어 시신을 닦고 수의를 입혀야 했다. 처음에는 시신이 앞에 있다는 것만으로도 떨렸지만 자주 접하게 되면서 점차 직업으로 받아들일 수 있었다.

시체 닦는 일이라고 손가락질도 받았고 월급도 적었지만 열심히 했다. 최고의 장례지도사가 되겠다거나 나중에 창업을 하겠다거나 하는 거창한 목표가 있는 것도 아니었다. 대단한 보람 같은 것이 있지도 않았다. 그저 죽은 이의 마지막을 내 손으로 깨끗하게 정리해서 보내주고 싶다는 작은 바람이 있었고 나의 일이기에 묵묵히 열심히 할 뿐이었다.

그렇게 오 년을 일했더니 그 분야에서 최연소 사무장이 되어 있었다. 창업의 기회도 찾아왔다. 한 끼에 천 원짜리 김밥

한 줄 이상은 엄두도 못 내던 고시원 시절을 생각하면, 작은 회사지만 대표인 지금은 성공해도 크게 성공한 셈이다.

끝까지 버티는 사람이 승자라는 말은 언제나 진리다. 애초의 목표에 도달하지 못했다 해도, 버티다 보면 내가 해야 할 일이 번뜩이며 찾아올 때가 반드시 있다. 끝까지 버텨야 그런 날이 온다. 지금 할 수 있는 일을 찾아 열심히 하다 보면 길이 보이고, 그 길을 나의 것으로 만들 수 있다.

물론 알고 있다. 그래도 힘든 것은 힘든 것이다. 그럴 때는 내 소중한 사람이 지금 나처럼 살아가고 있다고 상상해보면 도움이 된다. 내 소중한 사람에게 어떤 말을 해주고 싶은가. 대학도 못 간 바보라고 핀잔을 줄까? 좋은 직장에 들어가긴 글렀다고 비야냥거릴까? 아니, 누구라도 이렇게 말할 것이다.

"대학 못 가면 어때. 한전 못 들어가면 또 어때. 꼭 그래야만 행복한 건가? 젊어 고생은 사서도 한다는데 우린 아직 젊잖아. 열심히 살다 보면 우리한테도 좋은 날이 올 거야. 힘내자. 끝까지 한번 버텨보자."

보지 못하는 아들

대부분의 자식들은 부모의 고독사 현장에 따라들어오지 못한다. 부모를 방치했다는 죄책감과, 먹이고 입히고 길러 준 부모의 은혜가 새삼 떠오르기 때문이다. 그런데 그는 따라들어왔다. 많아야 삼십 대 초반으로 보이는 젊은이였다.

고인은 형체를 알아볼 수도 없을 정도로 부패해 있었다고 했다.

"서울에서 직장을 다녀 자주 찾아뵙진 못했어요. 그런데

계속 전화를 안 받으셔서 와보니…… 아버지는 주무시다가
돌아가신 것 같아요."

　방 안에는 이불이 깔려 있고 그 밑에 전기장판이 놓여 있
었다. 전기장판은 그때까지도 전원이 켜져 있었다. 서둘러 플
러그를 뽑는데 아들이 말했다.

"하마터면 불이 날 뻔했네요."

　정말이지 화재가 일어나지 않은 것이 천만다행이었다.
　아들에게 작업 절차에 대해 간단히 설명했다. 아들은 알겠
다고 하고 작업하는 것을 지켜봐도 되는지 물었다. 지켜봐도
된다고 대답하며 마스크를 챙겨주었다. 왜 마스크를 써야 하
는지 잘 아는 듯 아들은 받아들자마자 바로 마스크를 썼다.
　마스크는 악취를 막기보다는 호흡기를 통해 바이러스가
감염되는 것을 방지하기 위해 꼭 필요하다. 하지만 작업을 하
다보면 너무 덥고 땀이 흘러내려 마스크가 답답할 때가 있다.
나는 초창기엔 가끔 작업하다 마스크를 벗어버리기도 했다.
하지만 혼자 일할 때의 얘기고, 지금은 직원들이 있어 마스크

를 절대 벗지 않는다. 직원들이 나를 따라 마스크를 벗었다가 해를 입으면 안 되기 때문이다.

언제나처럼 고인이 누워 있던 자리부터 치우기 시작했다. 박스에 넣기 위해 이불을 접어 들어내는데 짜지 않은 빨래에서 물이 떨어지듯 부패물이 뚝뚝 흘러내렸다. 전기장판에도 온통 유기산유가 스며 있었다.

전기장판은 불이 나기 직전처럼 뜨거웠다. 그 위에서 고인은 생을 마감했다. 열기가 부패를 촉진했을 것이다.

황급히 전기장판을 걷어내는데 놀라운 일이 벌어졌다. 바닥에 오만 원짜리 지폐들이 빼곡히 깔려 있었다. 순간, 아들이 황급히 방을 나가더니 대야를 들고 뛰어들어왔다. 뭘 하려는 걸까. 나도 모르게 작업을 멈추고 아들을 쳐다보았다.

누가 뺏어갈까 봐 두려운 듯 아들은 허겁지겁 돈을 쓸어 담기 시작했다. 장갑도 끼지 않은 맨손이었다. 유기산유는 지폐에도 잔뜩 묻어 있었다. 그러나 아들의 눈에는 보이지 않았고 손에도 느껴지지 않았다.

가만히 두어도 닦아내고 소독해서 전달해줄 것이었다. 뭐가 그리 급해서 맨손으로 돈을 쓸어 담고 있는지 도무지 이해가 되지 않았다.

전기장판 크기만큼 깔려 있었으니 천만 원쯤 되었을까. 아들은 돈이 든 대야를 들고 문 밖으로 홀연히 사라졌다. 일언 반구도 없었다. 수고하라는 흔한 인사 한마디조차.

한숨이 절로 나왔다. 따라 들어와 작업을 지켜보겠다고 한 이유가 바로 이것이었던가.

아들 눈에 보이는 것은 오로지 돈뿐이었다. 그의 눈에, 머리에, 가슴에 홀로 쓸쓸히 죽음을 맞이한 아버지는 없었다. 오랫동안 뜨겁게 달아오른 전기장판 위에서 들끓었을 아버지에 대한 죄스러움은 없었다. 이부자리 밑에 지폐를 깔아두고 흐뭇해했을 아버지의 마음도 보이지 않았다.

아들을 위해서가 아니라면 무엇을 위해 고인은 오만 원권 지폐를 보물처럼 꽁꽁 숨겨놓았을까. 그는 자신의 마지막을 예감하고 있었음에도 본인을 위해서는 보일러도 켜지 않은 채 전기장판 하나에 의지해 누워 있었다.

작업을 모두 마쳤지만 쓸쓸하기만 했다. 복잡한 심정으로 현장을 떠났다. 아들은 다시 모습을 나타내지 않았다.

삶이란 운명의 무거운 짐을 이겨내는 것

의뢰를 받고 현장에 갔을 때 우리를 맞은 것은 스무 살을 넘긴 지 얼마 안 되어 보이는 앳된 여성이었다. 그녀는 깍듯이 인사를 하고는 고인의 친구라며 자신을 소개했다. 의뢰인인 고인의 아버지는 보이지 않았다. 딸의 소식을 듣고 충격으로 쓰러진 아내 곁을 지키느라 병원에 있다고 했다.

그녀가 떨리는 목소리로 말했다.

"제가 유품을 정리하려 했는데…… 할 수가 없었어요."

그녀와 함께 문을 열었다. 피 냄새가 훅 끼쳐왔다. 시취는 없었다. 바로 발견된 모양이었다. 아담한 크기의 거실이며 주방 바닥, 방 안 침대 여기저기에 선혈이 낭자했다.

아마도 칼로 손목을 그었을 것이다. 언젠가 과학수사대원에게서 들은 적이 있다. 동맥을 끊을 경우, 출혈이 무척 심하고 고통도 극심해서 집 안 이곳저곳을 뛰어다니게 된다고 했다. 예전에 목을 매어 죽은 이의 손목에 흉터가 있어 조사를 해봤더니, 동맥을 끊고는 스스로 구급차를 불러 응급실에 가서 치료를 받은 기록이 있었다고. 동맥 절단으로 사망할 경우, 사인은 과다 출혈로 인한 쇼크사다. 쇼크가 오기 직전에 응급 처치를 받는다면 살 수 있다.

가장 고통스러운 방법을 감수하면서까지 고인은 확실한 죽음을 원했던 것일까. 사는 것이 고통스러워 죽음을 선택하지만, 그 순간의 고통 역시 참지 못하는 것이 사람이다. 그래서 대부분은 수면제를 먹고 시도한다. 고통을 마주할 용기가 없기 때문이다. 그래서 죽을 용기로 살라는 말도 있을 것이다.

"친구 부모님께 유품을 전해드려야 할 것 같은데……."

그녀의 목소리가 다시 한 번 떨렸다. 친구의 죽음은 아직 어린 그녀에게 엄청난 충격이었을 것이다. 게다가 살아오면서 처음 보았고 앞으로도 볼 일이 없을 참혹한 현장을 목도했다. 그녀는 그 핏빛 현장에서 유품을 정리하여 고인의 부모님께 전해주려 하고 있었다. 고인을 매우 소중하게 생각하는 마음이 그대로 느껴졌다.

방 안의 매트리스부터 들고나왔다. 그런 다음 혈흔을 제거했다. 혈흔이 사라진 방 안으로 고인의 친구를 불렀다. 그녀는 조심조심 들어와서 주변을 두리번거렸다.

"이제 괜찮을 겁니다."
"감사합니다."

작은 목소리로 말하고는 유품을 챙기기 시작했다. 옷 몇 가지와 사진 등이었다. 거실로 나가 청소를 하는데 방 안에서 흐느끼는 소리가 새어 나왔다. 친구의 죽음이 믿기지 않을 것이다. 휴지를 찾아 들고 들어가서 건네주었다.

"좋은 곳으로 가셨을 겁니다. 울지 마세요."

위로하고자 하는 마음이 전해졌던 것일까. 흐느낌이 서서히 잦아들더니 그녀가 말을 시작했다.

고인과는 중학교 때부터 친구로 요즘 말로는 베프라고 했다. 고등학교도 같이 다니고 대학도 같은 곳에 갔다고 했다. 거의 자매나 마찬가지였다.

대학을 졸업하자마자 친구는 취업을 했고, 딸이 출퇴근하기 힘들까 봐 회사 근처에 부모님이 얻어주신 집이 이 아파트였다. 서로의 부모님들도 잘 알 만큼 오래 사귄, 결혼을 약속한 남자친구도 있었다.

그런데 친구가 회사에 다니기 시작한 지 한 달쯤 됐을 무렵부터 연락이 잘 안 되었다. 첫 사회생활이니 업무도 익혀야 하고 정신없이 바쁜가 보다 생각했다. 하지만 날이 갈수록 자꾸 일부러 피하는 것처럼 느껴지며 이상한 생각이 들었다. 연락은 계속 안 닿고, 안 되겠다 싶어 집으로 찾아갔다.

친구의 얼굴은 많이 상해 있었다. 머리가 깨지는 듯 아프고 몸도 너무 힘들다고 했다. 병원에 가봤지만 별다른 병명이 나오지 않고 약을 먹어도 듣지를 않았다. 다시 찾아간 병원에서는 입사한 지 얼마 되지 않아 스트레스가 심한 탓일 거라고 했다.

어느 날 친구는 매일 지나다니는 길에 있는 점집으로 끌리듯 들어섰다. 예전부터 타로점이나 운세 같은 걸 보러 다니기를 재미있어 하는 친구였고, 요즘 젊은이답지 않게 미신을 믿는 아이였다.

점집에서는 무병이라고 했다. 당장 내림굿을 받지 않으면 앞으로도 계속 몸이 아플 것이라고. 청천벽력이었다.

친구는 펑펑 눈물을 쏟았다. 앞으로 어떻게 살아야 할지 모르겠다고 울면서도 부모님에게는 절대 비밀로 해달라고 신신당부를 했다. 친구의 이야기를 들어줄 뿐 그녀는 아무것도 해줄 수가 없었다.

"그 아이와 절교하는 한이 있더라도 부모님께 말씀드려야 했어요. 그랬다면 일이 이렇게까지는 되지 않았을 거예요. 모두 제 탓이에요."

빨개진 눈시울로 그녀가 말했다.

친구는 늘 울었다. 전화를 하면서도 울고, 만나서도 울었다. 회사도 그만두었다. 더는 참을 수 없을 정도로 몸이 아프자 마침내 내림굿을 받을 결심을 했다. 남자친구에게도 털어놓았다. 남자친구는 동갑내기였다. 이런 일을 함께 감당하고 올바른 판단을 내리기엔 아직 어렸다. 남자친구는 극구 반대했다. 정 내림굿을 받아야겠다면 헤어지는 수밖에 없다고 단호히 말했다.

무병에 몸은 점점 더 아파오고, 좋은 회사도 그만두고, 나보다 더 나를 아긴다고 여겼던 남자친구는 이별을 말했다. 한순간에 인생이 뒤틀려버렸다. 상상조차 못해 본 일, 결코 원하지 않은 삶이었다.

두려웠다. 무속인으로 살아가는 것도, 남자친구와 헤어지는 것도, 부모님을 실망시키는 것도, 내림굿을 받지 않는 한 끝나지 않을 무병에 시달리는 것도 모두 다.

이도 저도 선택할 수 없었기에 제3의 선택지를 택했다. 고인의 입장에서는 유일한 대안이었을지 모른다. 그러나 삶에는 여러 길이 있고, 모든 길에는 의미가 있다. 외롭고 힘들지라도 묵묵히 가다 보면 그 길의 의미가 깨달아진다. 세월이 언젠가는 가르쳐주지만 그녀가 지나온 세월은 그 사실을 깨닫기엔 너무 짧았다.

"계속 전화를 안 받아 달려왔는데 그 아이는 이미…… 다

제 잘못이에요."

과연 누구의 잘못일까? 친구의 비밀을 끝까지 지켰던 그녀의 잘못일까, 의학적으로 설명할 수 없는 무병 진단을 내린 무속인의 잘못일까. 아니면 여자친구의 아픔을 헤아리지 못한 남자친구의 잘못일까?

모두의 잘못이 아니다. 그리고 모두의 잘못이다. 귀한 삶이 있고 비천한 삶이 있다는 관념을 만든 것은 사람이다. 우리 모두가 그녀의 선택에 책임이 있다.

그녀에게도 잘못이 있다. 무속인이 된다고 삶이 망가지고 자신의 가치가 훼손되는 것은 아니다. 그러나 그녀는 세상의 값싼 편견과 너무나 귀해서 값을 매길 수조차 없는 자신의 생명을 맞바꿨다. 길가에 나뒹구는 돌멩이와 세상에 하나뿐인 다이아몬드를 바꾼 것처럼 안타깝고 슬픈 일이다.

비극적인 죽음 뒤에 남은 것들을 정리하는 이 일을 해오면서, 무병 때문에 비관하다 생을 져버린 이들을 여럿 보았다. 그들의 고통이 어느 정도였을지 나로서는 짐작도 할 수 없지만, 감히 말하고 싶었다. 어떤 삶을 살든 당신은 소중한 사람이라고.

두 아이의 아버지인 나는 내 딸에게 하듯 고인을 향해 마음속으로 이야기했다.

'아가야, 다음 생에는 누구나 귀한 대접을 받는 세상에 태어나거라. 슬픔 없이, 아픔 없이 네 있는 모습 그대로 사랑받는 세상에.'

떠난 후를 생각하며 가는 길

고인은 결혼하지 않고 혼자 살던 중년 남성이었다. 발견 당시 그의 머리맡에는 유서와 함께 칠백만 원이 든 봉투가 놓여 있었다.

내가 살지 못해 떠나는데 나 때문에 주인 아주머니께 피해가 가면 안 됩니다. 만약 그런 일이 일어나면 이 돈으로 모두 완벽하게 보상해 주시기를 부탁드립니다.

유서에는 그가 이런 선택을 하게 되기까지의 모든 상황도 적혀 있었다.

사업가였던 그는 사기를 당해 자기도 모르는 죄를 짓게 되어 억울한 옥살이를 해야 했다. 그때 같은 방에 있던 사람과 친밀해졌고 형이라고 부르며 힘든 옥살이를 견뎌냈다. 출소 후에도 계속 가까이 지낼 만큼 의지가 되는 형이었다. 그런 형의 사정이 너무 딱했다. 차용증도 없이 선뜻 이억 원을 빌려주었던 것은 그만큼 그를 아끼고 믿었기 때문일 것이다.

형은 고마워하며 매달 얼마씩 갚아나갔다. 그러나 차츰 날짜를 어기기 시작했고 연락도 피하기 시작했다. 법적으로 받아낼 방도가 없다는 걸 알았는지 미안해하기는커녕 오히려 배짱을 부렸다.

고인이 얼마나 상심했을지 감히 짐작해본다. 형이라 불렀던 그 사람은 사기를 당해 고통받고 있는 고인의 사정을 누구보다 잘 알고 있었다. 그런 사람에게 두 번째 사기를 당했다. 돈을 갚을 생각이 있었다면 나올 수 없는 행동이었다.

믿음은 사기의 전제 조건이다. 고인은 처음 사기를 당할 때도 상대방을 믿었고 두 번째는 더욱 믿었다. 믿고 도왔다는 죄로 돈을 잃고 사람에 대한 믿음을 잃고 살아갈 의욕을 잃었다.

형이라는 사람이 얼마나 미웠을까. 그러나 유서에 적힌 내용은 의외였다. 형에게 해를 가하지 말라는 당부가 들어 있었다.

비록 스스로 목숨을 버렸지만 고인은 남은 사람들을 배려하는 것으로 자신의 죽음에 책임을 졌다. 그래서 그의 죽음은 오랫동안 기억에 남았다.

기억에 남는 고인이 또 있다.

수일간 비어 있던 터라 온기가 없는 반지하 집이었다. 그런데 들어서는 순간 무언가 밝고 따사로운 느낌이 들었다. 방은 깨끗하고 짐은 단출했다. 가전제품도 세탁기와 냉장고가 전부였다. 그러나 책장에는 성경 책과 종교 서적들이 꽤 빼곡했고, 책상 대용인 듯한 밥상 위에도 공책, 돋보기안경이 놓여 있었다. 서랍장 위에는 종이로 곱게 접은 컵받침이며 장미, 백조 같은 작품들이 단정하게 진열돼 있었다.

폐지를 수집하시던 할머니였다. 녹록치 않은 일상 속에서도 틈틈이 성경을 필사하고 복지관에 다니며 종이 접기를 배우신 모양이었다. 돋보기안경에 의지해 한 글자 한 글자 성경을 옮겨 쓰시는 할머니의 모습이 그려졌다. 종이가 컵받침이 되고 장미가 되고 백조가 될 때마다 <u>스스로</u> 놀랍고 기뻐서 잘 보이는 곳에 나란히 줄 세워놓는 모습도 마치 직접 본 것처럼 머릿속에 떠올랐다.

마음에 따뜻한 물결이 일었다. 하루하루를 소중히 여기고 오늘을 열심히 사는 사람을 만났을 때 받게 되는 감동 같은 거였다. 한눈에도 삶의 의지를 잃고 자기 자신을 방치했음을 알 수 있는 여느 현장들과는 달랐다. 죽음의 성격이 달랐다.

고인은 지병이 악화되어 병원을 찾았고, 입원해서 치료를 받다가 돌아가셨다. 복지관에서 그렇게 들었다. 우리 회사는 복지관과 연계되어 있다. 홀로 사는 노인들이 죽음을 맞이하면 유품을 정리해 드리기 위해서다. 그날도 복지관에서 연락을 받고 온 터였다.

가구가 다 나가고 가전제품을 옮길 때쯤이었다. 집주인 할머니와 또 다른 할머니가 오셨다.

"냉장고랑 세탁기는 밖에 놔두고 가면 안 될까?"

"그럼요. 그냥 밖에 놓기만 하면 되나요?"

"응. 이 할머니가 죽은 노인네 친군데, 병원 가기 전에 혹시 무슨 일이 생기면 이 할머니한테 세탁기를 가져가라고 했어. 냉장고는 폐지 할아버지 주라고 했는데."

"무거워서 댁까지 못 가져가실 텐데요. 차로 가져다 드릴
게요."

"아이고, 그래주면 고맙지."

"그런데 가전제품이 냉장고랑 세탁기밖에 없네요. 밥솥도
없더라고요."

"아니야. 밥솥이랑 전자렌지는 옆집 사는 노인네가 엊그
제 가져갔어. 두툼한 잠바도 챙겨가고."

할머니는 자신의 죽음을 예상했던 것일까. 다시 집으로 돌
아오지 못할 것을 알고 있었던 것일까. 그저 '나 죽으면 쓸 만
한 물건은 가져가라'가 아니라 세탁기는 친구, 냉장고는 폐지
할아버지, 소형 가전이랑 겨울옷은 옆집 할머니, 구체적으로
정해 일러놓고 가셨다.

할머니는 그렇게 내일을 준비했다. 연락 없는 자식들이며
풍족하지 못한 생활에 낙심하고 지나간 날들을 후회하는 대
신, 새벽같이 일어나 폐지를 줍고 저녁이면 성경을 필사하고
가끔 복지관에 나가 종이 접기를 배우면서 오늘을 열심히 살
고 미련 없는 내일을 준비했다.

문득 부끄러워졌다. 내일을 위해서라는 명분 아래 오늘을 살지 못하고 어제를 후회하는 내 모습이 보였다. 나는 그날 멋진 할머니를 만났다.

'할머니, 할머니께서 준비해놓으셨던 내일을 다른 분들께 전해 드리러 갑니다. 고맙습니다.'

힘들지만 지금까지 이 일을 꾸준히 해올 수 있었던 것은 바로 함께 일하는 직원들 덕분이다. 잘못한 것도 없이 욕먹고, 재수 없다고 소금 세례 당하고, 식당에 앉아 점심 한 번 편하게 먹지 못해도 힘들다고 하소연하기는커녕 힘드니까 우리가 필요한 것 아니겠냐며 오히려 사장을 가르친다. 우리 직원들이지만 참 대단하다.

전 실장이 처음 면접을 보러 왔던 날이 지금도 생생하다. 회사를 차리고 오 년 만에 사무실 살림을 도맡아줄 직원을 뽑기로 했다. 내가 계속 해왔는데 일이 밀리는 시기에는 병행하기가 힘들어서 함께 일하는 직원들과 상의 후에 내린 결정이었다.

일자리 웹 사이트에 구인 글을 게재하자 꽤 많은 사람이 문의 전화를 해왔다. 면접도 여러 명 보았다. 하지만 어떤 일을 하는 회사인지 설명하는 순간 급격히 표정들이 어두워졌다. 개중에는 설명을 듣다 손사래까지 치는 사람도 있었다.

그러던 어느 날 삼십 대 초반의 여성이 면접을 보러 왔다. 조그만 사무실의 경리를 뽑는데 대기업 면접이라도 보는 듯 깔끔하게 차려 입고 머리도 미용실에서 매만지고 온 것 같았다. 마침 현장에서 쓰는 장비들을 점검하고 있던 터라 사무실은 어수선했고 나도 편한 옷을 입고 있어서 민망했다. 그 와중에 면접을 보았다.

"우리 회사는 고독사나 자살, 범죄로 목숨을 잃은 분들의 집을 청소하는 일을 합니다."

그러나 그녀의 표정에는 변화가 없었다.

"아무렇지도 않습니까?"

"네?"

"아…… 이런 일이 싫지 않아요? 무섭다거나 더럽다거나 불쾌하다거나."

"아니요, 아무렇지도 않은데요."

오히려 내가 당황했다. 그녀는 당차게 말했다.

"산 사람이 무섭지 죽은 사람이 뭐가 무서워요?"

우리 회사 최초의 여직원이 탄생하는 순간이었다.

첫 출근 날, 아침 여덟 시에 전화가 왔다. 사무실 앞인데 문이 잠겨 있다고 했다. 그날만이 아니었다. 늘 한 시간 빠른 여덟 시에 출근을 해서 덩달아 나도 일찍 출근해야 했다. 그렇게 남보다 일찍 출근하는 부지런함과 활달하고 적극적인 성격으로 다른 직원들과도 빨리 친해졌다.

그러던 어느 날, 전 실장이 여느 때와 다르게 통통 부은 눈을 해가지고 아홉 시가 다 되어 출근을 했다. 정시에 출근한 것이지만 워낙 일찍 출근하던 사람이라 마치 지각을 한 것처럼 느껴졌다. 걱정이 되어 무슨 일이 있는지 물어봤지만 아무 일도 없다는 대답뿐이었다.

나중에 다른 직원에게서 이유를 듣게 되었다. 알고 보니 그 전날 절친한 친구와 다툼이 있었다. 친구는 면접 당일부터 계속 우리 회사에 다니는 것을 말렸다고 한다. 네 살배기 아들을 키우는 엄마가 그런 회사에 다니다가 불운한 일을 겪거나 화라도 입으면 어쩔 거냐고 우려했다. 그리고 문제의 그날, 친구는 다시 한 번 강하게 말했다.

"그런 회사까지 다녀야 될 정도로 형편이 어려워? 아이를 생각해서라도 그런 일은 안 해야 되는 거 아냐?"

결국 말다툼이 일어났고, 집으로 돌아와서 밤새 울었다. 퉁퉁 부은 눈을 하고 평소보다 늦게 출근한 이유였다.

전 실장은 그날 이후로 한동안 아이가 다니는 어린이집이나 주변 지인들에게 회사명을 말하지 못했다. 선입견 때문에 혹여 아이에게 피해가 갈까 봐 염려되어서였다. 전 실장의 말처럼 죽은 사람들이 아니라 결국 산 사람들이 문제였던 것이다. 그러나 주변의 시선을 꿋꿋하게 이겨내고 지금까지 함께

하고 있다.

대단한 직원들은 또 있다. 고양이는 무서워하면서 사체에서 흐른 부패물이며 흥건한 피는 아무렇지 않게 닦아내는 직원도 있고, 건장한 남자들 대신 혼자 천 번의 삽질을 한 여직원도 있다.

동물 사체의 악취를 제거하는 현장에서의 일이었다. 살아 있는 동물은 없다고 했는데 개 한 마리와 고양이 네 마리가 집 안을 어슬렁거리고 있었다. 의뢰인에게 전화를 했지만 받지 않았다. 일부러 받지 않는 듯했다. 추가 비용은 못 받겠다 싶어 포기하고 일을 시작했다.

고양이를 무서워하는 직원 때문에 네 마리의 고양이들부터 가두었다. 고양이들이 돌아다니는 한 그는 한 발짝도 움직일 수 없기에.

고양이들을 모두 가두자 안심한 직원은 화장실부터 갔다. 그런데 잠시 뒤, 엄청난 비명 소리가 집 안을 뒤흔들었다. 약간 허스키하고 굵직한 목소리를 가진 그가 그토록 높고 날카로운 소리를 낼 줄이야. 그런 소리는 생전 처음 들었다.

"왜 그래, 무슨 일이야?"

얼굴이 파랗게 질려 뛰쳐나온 그에게 물었다. 그러나 그는
가슴에 손을 얹은 채 가쁜 숨만 몰아쉬었다.

"왜 그러세요?"

막내 직원도 허겁지겁 뛰어왔다.

"화, 화, 화장실에…… 고, 고, 고양이가."

화장실로 가보니 변기 위 선반에 하얀 고양이 한 마리가
우아하게 앉아 있었다. 심드렁한 표정에 미동도 없었다.
그의 설명에 의하면, 소변을 보는데 고양이가 있기에 움찔
놀랐지만 움직이질 않아 박제인 줄 알았단다. 그래도 자꾸 신
경이 쓰여 계속 쳐다봤지만 역시 미동도 없었다. 바로 그 순
간, 눈동자가 움직였다. 잘못 봤나 싶어 다시 쳐다보았는데
또 움직였다. 살아 있었다!
그가 혼비백산해서 뛰쳐나온 사연이었다.

또 다른 대단한 직원은 전 실장을 도와 전화 상담을 맡기기 위해 뽑은 신입 여직원이었다. 워낙 생소한 일이기에 상담을 맡기 위해서는 현장부터 알아야 했다. 입사하자마자 여직원은 고독사 현장부터 쓰레기 집, 화재 현장까지 모두 동행해 직접 부패물을 치우고 삽질을 하고 망치질을 했다.

그날의 현장은 드나들던 노숙인이 홧김에 방화를 해 내부가 전소된 중국 동포 교회였다. 큰 현장이라 많은 인력이 필요했고 다행히 한전 직원들이 열 명쯤 인력 지원을 나왔다. 철거가 끝나고 이제 바닥에 쌓인 잿더미를 치워야 했다.

누가 시키지도 않았는데 여직원은 팔을 걷어붙이더니 플라스틱 눈삽으로 바닥의 잿더미들을 퍼서 자루에 담기 시작했다. 한전 청년들은 자루를 잡아주었다. 여직원은 삽으로 재를 퍼 담고, 자루가 가득 차면 청년들은 바깥으로 들고 날랐다. 그 사이 다른 청년이 새 자루를 가져오고 여직원은 쉴 새 없이 삽질을 했다. 거짓말 조금 보태 천 번의 삽질이었다. 무언가 바뀐 듯한 상황이었다.

그때 교회에서 일하는 아주머니가 삶은 달걀과 찐 만두를 간식으로 내왔다. 일을 멈추고 다들 모여 앉아 간식을 먹었다. 여직원은 힘이 들어 입맛도 없는지 조금 먹다가 한쪽 구석에 앉아 쉬고 있었다.

교회 아주머니가 물었다.

"저 여자분은 우리 동포인가 봐요?"

그 순간 어린 시절부터 내 안을 점령하고 있던 장난기가
발동했다.

"용하시네. 그걸 어떻게 아셨어요?"
"한국 여자들은 이런 일 못하지. 동포니까 하는 거지, 돈
벌어야 되니까."
"맞아요. 일도 열심히 하고 한국말도 참 잘해요."

내 말에 직원들이 와하하 웃었다. 웃음이 그치지 않자 아
주머니는 이상하다는 듯 휑 나가버렸다.

꼬박 일 년을 따라 다니며 현장의 온갖 궂은일을 경험한
그 여직원은 지금 전 실장과 함께 우리 회사의 대들보가 되었
다. 그 덕에 나는 다른 업무에 신경 쓰지 않고 현장에만 집중
할 수 있었다.

이런 직원들 때문에 내가 힘이 난다. 이 사람들이 편히 일하게 해주기 위해서라도 세상의 인식이 바뀌기를 바란다. 그리고 그런 날이 오리라고 믿는다.

상조회사 광고가 처음 TV에 등장했을 때, 장례지도사 일을 하고 있으면서도 무척 낯설고 이상하게 여겼던 기억이 난다. 금기시되던 말이 떠도는 걸 들은 충격이라고 해야 할까. 죽음은 은밀히 다루어져야 하는 이야기였다. 텔레비전에 나와 온 세상에 대고 떠들 일이 아니었다. 게다가 아직 오지 않은 죽음이었다.

그러나 지금은 TV만 켜면 광고가 나온다. 상조회사에 장례를 맡기는 일은 보편화되었고, 업체는 너무 많아서 탈이다. 수의며 식장이며 음식이며 일일이 신경 쓰지 않아도 일사천리로 장례가 진행되니 편리하다고 생각할 뿐, 지금은 누구도 이상하게 여기지 않는다.

이 일도 더 이상 생소하게 여겨지지 않았으면 좋겠다. 꼭 필요한 일이라는 인식이 널리 퍼졌으면 좋겠다. 사실이 그렇다. 남이라면 오히려 쉬울까, 가족이 고독사하거나 자살하거나 살해당했던 현장을 직접 정리하기는 힘들다. 고인이 겪었을 일이 떠오르기 때문이다. 그래서 우리가 대신 혈흔을 지우고 고인의 고통스러운 기억과 유족의 아픔을 지운다. 우리는 어제 이곳에서 살던 고인을 오늘 천국으로 이사하는 데 도움을 주는 사람들이다.

가진 것을

다
주
고
도

어느 금요일이었다.

"옥탑방이고요. 집에 쓰레기가 많은데 일요일에 집주인이 오신대요. 그 전까지 치워야 해요. 책은 한 권도 버리지 마세요. 책만 빼고 다 버려주시면 돼요."

앳된 목소리의 여자였다. 비용을 물어 알려주었더니 형편이 어렵다고 해서 폐기물 처리 비용만 받고 청소를 해주기로

했다.

미리 사진을 받아보았지만 실제로 보니 더 놀라웠다. 사실 '쓰레기 집'은 매번 놀랍다. 어쩌면 그리도 높이 쓰레기를 쌓아올렸는지, 어떻게 그런 공간에서 생활했는지 늘 미스터리다. 아무리 평수가 작아도 막상 작업을 해보면 그 양이 어마어마하기도 하다.

상황은 예상보다 심각했다. 고양이를 키웠는지 배설물 냄새가 역했고 포장 용기에 남아 썩어가는 음식들은 바퀴벌레의 먹이로 활용되고 있었다. 스티로폼, 종이, 캔, 병들이 뒤섞여 분류만 하는 데도 많은 시간이 걸릴 듯했다. 집주인이 와서 이 꼴을 본다면 당장 쫓아내려 들 것이다.

집이 좁은 데다 쓰레기가 빽빽하게 쌓여 있어 박스를 가져다놓을 공간조차 없었다. 하는 수 없이 쓰레기 더미 중간에 공간을 만들고 대봉투를 가져와 벌려놓은 뒤 안으로 쓰레기를 던지기 시작했다. 그때마다 고양이 오줌이 튀고 썩은 음식물이 온몸으로 튀었다.

몇 시간에 걸쳐 분류하고 던지고 분류하고 던지고를 반복했다. 한 사람은 꽉 찬 봉투를 묶고 들어다 날랐다. 주택 밀집 지역이라 사다리차를 부를 수 없었고 폐기물 적재 차량도 들어올 수 없었다. 쓰레기봉투를 들고 비좁은 계단 네 층을 내려가 멀리 차를 세워둔 곳까지 일일이 나르는 수밖에.

그렇게 어른 키만큼 쌓여 있던 쓰레기들이 줄어들기 시작할 무렵이었다. 쓰레기 더미 속에 복병이 숨어 있었다. 고양이 똥이었다. 바닥이 온통 고양이 똥으로 뒤덮여 있었다. 지나서 생각해보면 안쓰럽기도 하고 이해도 되지만 순간 짜증이 나는 건 어쩔 수 없었다.

말없이 고양이 똥을 치우던 신입 직원이 문득 물었다.

"주인은 어디서 잤을까요?"
"어디서 자긴. 여기서 먹고 자고 고양이도 키웠지. 쓰레기들이 괜히 있는 게 아냐."

이 일을 시작하고 처음 쓰레기 집에 갔을 때 나도 같은 의문을 가졌더랬다. 그러나 쓰레기로 가득 차 있어도 집은 집이다. 집에서 생활하지 않으면 어디서 하겠는가.

바닥을 다 치우고 옷장과 서랍장을 비우기 시작했다. 수첩이 나와 펼쳐보니 알 수 없는 메모들이 가득 적혀 있었다.

'월드컵 2시간 / SBS 3시간 / 신세계 1시간'

직원이 흘낏 보더니 말했다.

"노래방 도우미 같은데요."

다음 장에도 일했던 곳과 시간, 수입이 정리되어 적혀 있었다. 다이어리도 나왔다. 생년월일이 적혀 있는 곳을 보니 겨우 스물둘이었다. 많은 돈이 필요한 나이는 아니었다. 작은 옥탑방 월세가 비쌀 리 없고 명품을 사느라 돈이 필요한 것 같지도 않았다. 버리지 말라는 책들만 책장 세 개를 모두 채우고 있을 뿐 화장품도 몇 개 없고 미리 싸두었다는 옷도 봉투로 두 장이 전부였다.

다이어리에는 편지 같기도 하고 일기 같기도 한 글이 적혀 있었다.

오빠는 결국 떠났어. 나를 이용만 하고 뒤돌아섰어. 하지만 다시 돌아와주기를 바라. 미안하다고 사과하고 용서를 빌어주기를 원해. 이런 내 자신이 싫지만 여전히 사랑하는걸.

어차피 나를 또 이용할 테지만.

더 많은 글이 있었지만 다이어리를 덮었다. 처음부터 엿보아서는 안 되는 것이었고, 더 이상은 보면 안 될 것 같았다.

이 어리석을 만큼 순진한 여성은 노래방 도우미를 해서 번 돈을 남자에게 다 주었던 모양이다. 수첩에 적힌 것만 계산해도 한 달에 수백만 원인데 허름한 옥탑방에 살면서 책 외에는 가진 것이 없었다. 형편이 어려워 청소 비용도 전부 지불하기 어렵다고 했다.

가진 것을 다 주고도 더 주지 못해 안타까워하는 것이 사랑이다. 그녀는 더 줄 수 없어 안타까웠을 것이다. 남자가 다시 돌아와 주기를 바라는 것도 원망스런 마음보다는 더 주고 싶어서였을 것이다. 이용만 당했다는 사실을 알면서도, 어차피 또 이용당할 것을 알면서도 말이다.

어쩐지 남자를 위해 노래방 도우미 일을 한 것 같은 생각이 들었다. 이 또한 편견이겠지만, 그것만은 버리지 말라고 했을 만큼 책을 아끼는 사람이었다. 책을 사랑하는 사람이 도우미를 자청해서 할 것 같진 않았다.

쓰레기가 산더미처럼 쌓이도록 주거 공간을 방치했다는

것은 삶을 방치했다는 것이다. 쓰레기가 생기면 내다 버리고, 먹은 그릇을 설거지하고, 먼지 앉은 가구를 닦고, 바닥을 걸레질하는 것은 하찮은 일이다. 그러나 이 하찮은 일들이 우리의 일상을 지탱해준다. 삶의 의지가 사라졌을 때 가장 먼저 손을 놓아버리는 것이 이런 일들이다.

　그래도 다행이었다. 청소를 결심했다는 것은 다시 살아보겠다는 의지의 표현이다. 집주인이 방문할 생각을 하지 않았더라면, 이 상황이 조금만 더 지속되었더라면 극단적인 생각을 했을지도 모를 일이었다. 이제 겨우 스물둘, 사랑을 배워가는 나이였다. 상처가 그녀를 더 단단하고 성숙하게 만들어주기를 마음속으로 기도했다.

삶의 의지를

잃었을 때

"이런 상태인 줄은 몰랐습니다."

토할 것만 같아 문만 열어 보고 다시 나온 내게 사내가 말했다. 수년간 이 일을 해왔지만 이토록 참기 힘든 경우는 처음이었다. 대체 어떤 상태일까. 내부를 자세히 들여다보지 못했기에 짐작이 가지 않았다.

"고인이 아버지이신가요?"

"네, 저희 아버지입니다. 어머니는 몇 년 전에 돌아가셨고요."

고인은 건설 현장에서 오래 일했지만 수년 전 다리를 크게 다쳐 거동이 불편했다고 한다. 자존감이 강한 분이라 더더욱 자식에게 짐이 되는 것을 원치 않았고, 그래서 아들의 만류에도 불구하고 따로 나와 사셨다고.

처음 한동안은 자주 찾아뵈었다. 거동이 불편하시니 생필품을 사 나르고, 음식도 해서 가져다 드리고, 청소도 해드렸다. 하지만 직장 일이 바빠지면서 방문 횟수가 차츰 줄었다. 찾아뵙는다 찾아뵙는다 하면서도 전화로 안부를 여쭙는 것으로 끝나곤 했다. 세상이 좋아져서 필요한 것이 있으면 주문하면 되고 먹고 싶은 것도 배달시키면 되니 걱정하지 말라는 밝은 목소리에 안심이 되기도 했다. 그러다보니 전화도 일주일에 한 번 하던 것이 한 달에 한 번, 두 달에 한 번, 석 달에 한 번으로 점점 뜸해졌다.

석 달에 한 번. 그렇다면 꽤 오랫동안 고인의 죽음을 몰랐을 수 있었다. 하지만 나는 묻지 않았고 아들은 다시 오겠다며 자리를 떴다.

우리는 집 안으로 들어갔다. 우선 연막 소독을 하고 탈취제를 분사한 뒤 창문을 열고 재빨리 환풍기를 설치했다. 탈취와 환기를 하고 나니 어느 정도 참을 만했다. 순간, 잊고 있던 기자가 생각났다.

며칠 전 어느 일간지 신입 기자가 취재를 하고 싶다고 하기에 오늘 작업이 있다고 알렸다. 기자는 일찌감치 와 있던 터였다. 나는 그에게 마스크를 쥐어주며 들어오라고 했다. 그는 자신도 돕겠다며 장갑을 달라고 했다. 이력이 붙은 나도 힘들 현장이라 걱정이 됐지만 이것도 좋은 경험이겠다 싶어 장갑을 내주었다.

집 안을 둘러보았다. 온 집 안에 술병이 즐비한데 쓰러져 있는 것은 없고 모두 액체가 가득 담긴 채 세워져 있었다. 눈으로 봐서는 무슨 액체인지 알 수 없었다. 마스크를 살짝 내리고 냄새를 맡아보았다. 욱, 나도 모르게 구역질이 올라왔다. 처음 보는 내 행동에 직원들이 동시에 의아한 눈길을 보냈다.

소변이었다. 집 안에 세워져 있는 수천 개의 술병들이 모두 다. 얼마나 오래 되었는지는 알 길이 없지만 상당히 부패해 있었다. 직원들은 여전히 나를 쳐다보고 있었다. 다 그만두고 도망가 버릴 것만 같아 바로 입이 열리지 않았다. 그래도 말해야 했다. 병들을 처리하려면 안에 든 것부터 일일이 비워야 했다.

"거동이 불편하신 분이라 마시고 난 술병에 소변을 보신 것 같아. 일단 변기에 쏟아버리고 치워야 할 텐데."

가장 오래된 직원이 자신이 하겠다고 나섰다. 이렇게 고마운 일이 또 있을까 싶었다. 그만큼 엄두가 안 났다.

일단 화장실을 찾아야 했다. 병들이 쓰러질세라 조심스럽게 지나쳐 화장실로 보이는 문을 열었다.

아, 어떻게 이럴 수가. 변기 높이보다 높게 변이 쌓여 있었다. 바닥에도 가득했다. 막막했다. 아무 생각도 나지 않았다.

고인은 거동이 불편했지만 화장실 정도는 갈 수 있었다. 그런데 어느 순간 변기가 막혔고 혼자 힘으로는 고칠 수가 없었다. 전화로 도움을 청할 수도 있었을 텐데 폐를 끼치지 않으려고 버티다가 이 지경에 이르렀을 것이다.

또 다른 직원이 여러 겹의 비닐 봉투 안에 종이 상자를 넣어 가져왔다. 상자가 채워지면 비닐 봉투를 꽁꽁 묶어 치웠다. 어느 정도 정리가 되자 약품을 뿌리고 닦아내고 뿌리고 닦아내기를 반복했다. 그제야 물을 틀어 씻어낼 수 있었다. 속이 다 시원했다. 묵은 때들은 마무리할 때 다시 닦아내야겠지만 처음에 비하면 천국처럼 깨끗했다.

이제 술병들을 비워낼 차례였다. 신입 기자가 화장실로 들어오며 말했다.

"제가 비울게요."
"많이 역할 텐데, 괜찮으시겠어요?"
"괜찮습니다. 해볼게요."

나는 화장실로 술병을 옮기고, 기자는 비우고, 또 다른 직원은 빈 술병을 박스에 담았다. 그 일을 반복하는 동안 아무도 입을 열지 않았다. 침묵을 깬 것은 직원이었다.

"박스가 모자라요."

병이 너무 많았다. 비닐 봉투에 담기로 하고 또다시 말없는 반복 작업이 시작되었다. 점심시간이 훌쩍 지나 있었지만 아무도 배고프다는 사람이 없었다. 입맛이 있을 리 없었다. 하필

이면 처음 취재 나온 고독사 현장이 이 일을 시작한 이래 가장 힘든 현장이라니, 신입 기자도 참 안됐다는 생각이 들었다.

병은 안이 가득 차 있어 한 번에 여러 개를 들기도 힘들었다. 혹시 쏟기라도 할까 봐 옮기는 것도 조심해야 했다. 손이며 팔이며 경련이 날 지경이었다. 그래도 조금씩 끝이 보이기 시작했다.

"이제 끝이다!"

우린 동시에 한숨을 몰아쉬었다. 그리고 허리를 세우며 똑같이 소리를 냈다.

"에고고."

그러나 끝난 것이 아니었다. 이제야 청소 시작이었다. 현장 세 곳을 연속으로 청소해도 이곳만큼 힘들지는 않을 것 같았다. 겨우 화장실을 청소하고 술병들을 처리했을 뿐 아직 할 일이 태산이었다. 쉴 틈도 없이 구역을 정해 바로 정리를 시작했다.

이 일을 언제 다 하나 싶었는데 워낙 힘든 일이 끝나고 난 터라 오히려 쉽게 느껴졌다. 빨리 하고 가야겠다는 생각은 다들 마찬가지였는지 순식간에 정리가 되기 시작했다.

신입 기자는 일이 있어서 가봐야 한다며 떠나고, 우리끼리 한창 작업을 하고 있는데 아들이 돌아왔다. 사라진 병들을 보고 놀라는 눈치였다. 그 안에 무엇이 들어 있었는지 알고 있던 것이다.

"수고가 많으십니다. 이것 좀 드시고 하세요."

음료가 들어 있는 듯한 봉투를 내미는데, 병들과 힘겨운 씨름을 하고 난 터라 병들이 부딪치는 소리만 들어도 속이 울렁거렸다.

"하던 것 마저 하고 먹겠습니다. 감사합니다."

아들도 내 마음을 눈치챘는지 미안한 목소리로 말했다.

"요 앞 마트에 들렀다가 여쭤봤어요. 아버지를 잘 알고 계시더라고요. 밤낮으로 술을 배달시키고 음식이라곤 라면만 가끔 시키셨다고. 아예 못 걸어 다니실 정도는 아니었는데 어느 순간부턴 걷지 못하셨다고 하네요. 배달 직원이 오면 방 안에서 기어 나오셨다고……."

아들은 목멘 소리로 말을 이어나갔다.

"매일 술만 드시고 사용을 안 하니까 다친 다리가 점점 악화되었던 것 같아요."

어떤 대꾸도 할 수 없었다. 아무 걱정 말라는 아버지의 밝은 목소리에 정말 그렇게 생각한 아들을 비난할 수도 없었고, 성치 않은 몸으로 혼자 살겠다고 고집하다 비참하게 생을 마감한 고인을 탓할 수도 없었다. 고인은 자식을 위해 조금이라도 짐이 되지 않으려는 부모였을 뿐이고, 아들 또한 제 자식들 교육시키느라 하루하루 정신없이 살아가는 평범한 가장이었다.

요즘은 온 식구가 한 상에 모여 밥을 먹는 일조차 어렵다. 아이들은 학교와 학원에 다니기 바쁘고 부모들은 그런 아이들의 교육비를 버느라 회사 다니기에 바쁘다. 휴일이 되면 아이들은 친구를 만나러 나가고 부모들은 밀린 피로를 푸느라 잠만 잔다. 세상이 이런 것을 누구의 잘못이라고 할 수 있겠는가.

노는 것도, 배우는 것도, 입는 것도 풍족해진 만큼 훨씬 더 많은 돈이 든다. 밤낮없이 돈을 벌어야 하는 부모들은 자신의 자식들이 가난하지 않게 살기를 바란다. 그러려면 자식들이 좋은 직장에 들어가야 한다. 좋은 직장에 들어가려면 어릴 때부터 고가의 사교육을 받아서 더 좋은 대학에 들어가야 한다.

자녀들만 '스펙'을 쌓기 위해 바쁜 것이 아니다. 부모들도 회사가 끝나면 집에서 쉬는 대신 스펙을 높이기 위한 강좌를 듣거나 영어 학원에 다닌다. 고인의 아들도 그런 시대를 살아가는 사람들 가운데 한 사람일 뿐이었다. 왕복 네 시간이 걸리는 아버지의 집을 자주 찾아오기 힘들었을 것이다. 걱정을 안 하고 무관심해서가 아니라 정말 정신없이 사느라 짬이 없었을지도 모른다. 세상이 변했는데 나만 과거에 멈춰 있을 순 없는 것이다. 과연 세상이 나에게 맞춰주겠는가? 내가 세상에 맞춰야 한다.

고인이 아들한테 했던 말대로 세상이 좋아졌다. 전화 한

통, 마우스 클릭 몇 번만 하면 집까지 필요한 물건을 가져다 준다. 보고 싶은 사람이 있으면 화상 통화로 얼굴을 보며 대화할 수 있고, 달리는 차 안에서 텔레비전을 시청할 수도 있다. 자녀 돌보기와 교육, 집안일부터 각종 심부름까지 돈만 지불하면 어렵고 귀찮은 일들을 대신 해줄 곳이 넘쳐나고, 엄청나게 발달한 문명의 이기들로 인해 불가능한 일이 거의 없게 되었다.

경제력만 있다면 우리는 왕 부럽지 않은 생활을 할 수 있다. 능력에 따라 삶의 질이 좌지우지되는 것이다. 그것을 따라가지 못하면 낙오자가 된다. 주변 사람들과 가족에게서 잊혀가고, 세상에 뒤처진다. 점점 자신이 없어지고 삶의 의지를 잃어버려 은둔형 외톨이가 되고 쓸쓸히 죽어간다. 그것이 고독사다.

고인 역시 다리를 다쳐 경제력을 상실한 뒤 삶의 의지를 잃었다. 아들 집에서 두 시간 거리의 거처를 선택한 것도, 홀로 되자 끼니를 거른 채 밤낮으로 술만 마신 것도, 누구에게도 도움을 청하지 않은 것도, 삶의 의지가 있는 이의 행동은 아니다.

자존감이 강한 분이었기에 낙오자가 되었다는 생각을 견

디기 힘들었을 테고, 아무 쓸모도 없어진 자신을 부양하는 짐을 아들에게 지우기가 죄스러웠을 것이다. 아들에게는 부양해야 할 또 다른 가족이 있고, 아들이 살아가야 할 시간은 앞으로도 길었다. 고인은 생각했을지 모른다. 자신이 빨리 죽는 것이 모두를 위한 길이라고.

외부와 단절된 채 고독하게 죽어가는 이들이 점점 늘고 있다. 어쩌다 이렇게까지 되었을까. 문제는 있는데 답이 없다. 나로 시작해 우리가 함께 풀어야 할 숙제일 것이다.

우리가 살고 있는 이곳이 누구에게나 '살고 싶은' 세상이 되기를.

3장

고독사가 의미하는 것은 죽음이 아니라 삶이다.
얼마나 고독하게 죽었는가가 아니라
얼마나 고독하게 살았는가를 말해준다.
그 쓸쓸한 삶이 고독사를 불러온다.
비워진 술병, 쓰레기 더미, 텅 빈 냉장고, 먼지 앉은 바닥.
때로는 명품 의류와 번쩍거리는 보석들이 증거로 남는다.
삶의 의지를 상실했음을 보여주는 증거다.
그들이 죽은 것은 아마도
더 이상 살 이유를 찾지 못했기 때문 아닐까.

가장 낮은 곳에서 피어나는 희망

평화롭고 안온한 죽음을 맞을 수 있는
행운이 찾아오기를

인간의 탈을 쓴

악
마

범죄피해자지원연합회에서 알려준 연락처로 전화를 해서 위치를 확인하고 찾아간 곳은 어느 다세대주택 앞이었다. 전화를 받았던 집주인이 나와 있었다. 얼굴이 안 좋아 보였다. 집이 불탔으니 마음고생이 심했을 것이다.

견적을 내기 위해 집주인 아주머니와 함께 안으로 들어갔다. 다른 사건과 달리 방화 사건은 먼저 견적서를 작성해 법무부에 보내고 승인을 받아야 작업이 시작된다.

불이 난 곳은 일층 안쪽 집이었다. 검은 그을음으로 뒤덮여 있어 실내는 더욱 어두웠다. 주위가 잘 보이지 않았지만 전선이 불길에 녹아내려 전등을 켤 수도 없었다.

옆집도 피해가 심각했다. 집 안이 온통 그을음이었고 재가 날아 들어와 공기가 무척 탁했다. 연기로 인한 악취도 심했다.

불을 끄는 과정에서 생기는 이차 피해를 입었을 지하층으로 내려가 보았다. 예상대로 두 집 모두 물바다였다. 바닥은 물이 흥건했고 천장이며 벽도 물에 젖어 벽지가 너덜너덜했다. 가구와 가전제품에도 물이 들어가 전부 폐기 처분해야 했다. 마치 홍수 피해를 입은 집 같았다.

완전히 복구될 때까지 거주가 불가능하기 때문에 이런 경우 세입자들은 집주인에게 비용을 청구하고 이사를 간다. 집주인은 본인 소유 건물이 훼손당하는 피해를 입고도 세입자들에게 피해 비용을 배상해주어야 한다.

발화점인 일층의 집은 완전히 전소되어 내부를 철거해야 했고, 옆집과 지하층 두 집도 악취 제거와 폐기물 처리, 청소를 해야 했다. 치솟은 불길로 창문이 깨지면서 건물 외벽에도 시커멓게 화마 자국이 남아 있어 고공 작업 차량을 불러 외벽 청소도 해야 했다. 피해가 꽤 심각한 상태였다.

여러 대의 차가 필요할 텐데, 문제는 주차였다. 한 가구당

차 한 대씩은 다 가지고 있고 주차장은 늘 만원이라 주택가에서는 늘 주차 문제로 골머리를 앓는다. 폐기물을 실을 4.5톤 트럭, 고공 작업을 할 1톤짜리 스카이차, 청소 장비가 실린 1.5톤 트럭, 직원들이 타고 오는 1톤 차량 2~3대, 그 많은 차를 세워둘 공간이 주택가에 있을 리가 없다. 결국 멀리 주차해놓고 손수레에 장비를 실어 날라야 하고, 폐기물 적재 차량은 주차 공간을 보아가며 수시로 이동해야 한다. 인력이 열 명 필요하다면 한 명은 밖에서 하루 종일 차량을 이동시켜야 한다.

화재 현장이야 늘 고되지만 이번에는 여느 때보다 힘들 것 같았다. 작업 규모를 대략 가늠하고, 집주인에게 세입자들의 연락처를 물었다. 폐기 처분할 물품과 보관할 물품 목록을 작성해야 했다. 법무부 승인이 나는 대로 현장 정리가 이루어진다는 점도 미리 알려주었다.

함께 간 직원과 분담해서 세입자 한 명 한 명에게 전화를 걸었다. 그렇게 목록을 작성한 다음 가구들의 부피를 확인해서 폐기물 양을 가늠하고 필요 인원을 계산했다. 고공 작업을 위해 스카이차가 접근 가능한지도 꼼꼼히 체크했다.

화재 현장은 이런 기본 작업이 이뤄진 후에도, 견적서를 전송한 뒤 언제 승인이 날지 모르기 때문에 최대 2주 정도는 스케줄을 조정하고 비워놔야 한다. 승인이 나면 바로 작업을 시작해야 하기 때문이다. 또 화재의 특성상 악취도 악취지만 재가 날려 이웃들의 피해가 크기에 빠른 작업이 필수다. 많은 장비와 인력이 소요되고 며칠이 걸리는 작업이라 만반의 준비를 갖추고 승인이 나기만을 기다렸다.

드디어 법무부 승인이 나 현장에 다시 도착했다. 견적서에 기재한 작업 기일을 넘기면 안 되기 때문에 나는 구역별로 배정한 직원들을 관리하며 업무 상태를 수시로 체크했다. 다른 직원 한 명은 현장 주변을 정리하며 계획에 차질이 없도록 도왔다. 전기와 수도가 모두 전소된 상태라 최대한 가까운 곳의 전기와 수도를 찾고, 주차로 인한 실랑이를 처리하고, 차량 이동이 필요할 때 양해도 구해야 했다. 많은 직원이 밥을 먹을 수 있는 식당을 수배하고 구경하는 사람들을 상대하는 것도 일이었다.

불이 난 집은 동네에서 다 알고, 그래서 방화 현장에는 지켜보는 이웃들이 많다. 이렇게 구경하는 사람이 많은 현장은 범죄피해자지원연합회에서 온 공문을 읽지 않아도 될 정도다. 공문보다 또 어떤 뉴스보다 정확하게 알려주는 아주머니들이 계시기 때문이다.

사건이 일어났던 집에는 어머니와 두 딸이 살고 있었다고 한다. 용의자는 큰딸의 남자친구였다. 일 년 전부터 집을 드나들었는데 큰딸과 즐겁게 지내고 올 때마다 양손에 포장된 음식이 들려 있는 등 식구들도 살뜰히 챙겼다.

석 달쯤 지났을 때는 여자친구 집에 거의 살다시피 했다. 그때부터 문제가 생기기 시작했다. 방에 들어앉아 컴퓨터게임으로 밤을 새곤 하더니 아예 직장까지 그만두었다. 식구들은 달라진 그의 행동에 크게 실망했지만 큰딸은 남자친구를 사랑했고, 그가 다시 예전 모습으로 돌아갈 것이라 믿었기에 가족들을 설득하며 기다렸다.

그러나 그는 잔소리를 한다며 여자에게 폭언을 서슴지 않았고, 딸 편을 드는 엄마에게까지 위협을 가했다. 개선의 여지가 없었다. 모두들 그가 나가기를 원했다. 몇 번의 요구 끝에 결국 그를 내보낼 수 있었다. 그렇게 세 모녀의 삶은 다시 평화로워졌다.

그러나 평화는 오래가지 않았다. 며칠 뒤 남자가 찾아와 집에 불을 질렀다. 야근을 하고 돌아와 깊은 잠에 빠져 있던 작은딸은 그 자리에서 숨을 거두었고, 큰딸은 중환자실로 실려갔지만 살아날 가망이 희박했다. 일찍 불길을 뚫고 나온 엄마만 비교적 가벼운 화상을 입었다.

CCTV 판독 결과, 모자와 마스크를 쓴 남자가 며칠 동안 동네를 서성이며 주변을 탐색하는 장면이 포착됐다. 사건이 일어나던 몇 시간 전, 석유통을 들고 집 뒤의 사층 빌라로 들어간 남자는 곧 빈손으로 다시 나왔다. CCTV를 피해 진입로를 확보하고 미리 석유를 가져다놓았던 것이다.

몇 시간 뒤, 작은딸이 들어와 세 모녀가 모두 집에 있게 되자 그는 집 안으로 들어가 석유를 뿌리고 범행을 저질렀다. 이 끔찍한 사건에 주민들은 모두 충격을 받은 상태였다. 특히 한 가정의 어머니이자 비슷한 또래의 자식을 둔 아주머니들의 충격이 컸다.

오랫동안 같은 동네에 살았기에 피해 가족을 모르는 사람이 거의 없었다. 어머니는 조용하고 얌전한 성격에 남편 없이 두 딸을 반듯하게 키웠다. 모두 심성이 바르고 미인이었다. 세 모녀는 서로를 아끼며 오순도순 행복하게 살았다.

그 남자만 안 만났더라면. 아주머니들은 안타까움을 금치 못했다.

"생긴 건 멀쩡해. 훤칠하게 잘생겼어. 인사성도 밝고 성격도 서글서글하니 좋아 보였다니까. 골목에서 마주치면 꼭 인사하지 그냥 지나치는 법이 없어. 몇 달 지나니까 그 집에서 아예 사는 것 같아서 사위 삼으려나 보다 했지. 누가 봐도 괜찮은 청년이라 잘됐다고 생각했어. 겉보리 서 말만 있어도 처가살이는 안 한다는데 장모에 처제까지 돌보며 같이 살 작정인 것 같으니 기특하다 여겼지. 그런데 봄부터 자꾸 싸우는 소리가 나는 거야. 집들이 다닥다닥 붙어 있고 날이 더워 창문을 열고 지내니 다 들리지. 하루가 멀다 하고 큰소리가 나더니 한동안 잠잠하더라고. 그러더니 이런 일이 생겼어. 누가 알았겠어, 그놈이 악마인 줄. 인간의 탈을 쓴 악마라는 게 바로 그놈이야. 악마가 아니면 괴물이고."

그동안 작업했던 방화 현장은 모두 우발적인 범행에 의한 것이었다. 술을 마시다가, 대화 중에, 그동안 쌓였던 스트레스로 인해, 돈 때문에, 홧김에 저지른 방화였다. 그런데 이번 사건은 한 가족을 몰살하려는 분명한 목적을 갖고 치밀하게 계획해 벌인 일이었다. 며칠이나 사전 답사를 했고 세 식구가 모두 귀가할 때까지 몇 시간을 기다리기까지 했다.

아주 드문 경우지만, 엄마의 폭력을 견디다 못한 소년의 경우처럼 오죽하면 그랬을까 하는 생각이 드는 범죄 현장도 없지 않았다. 하지만 이번에는 도저히 납득할 수가 없었다.

사랑이 증오로 변하니 사람이 괴물로 변했다. 누가 상상이나 했을까. 우리는 인간이라는 존재에 대해 얼마나 알고 있는 것일까. 문득 소름이 돋았다.

세상에서 가장 나쁜 선택

겨울은 한가한 계절이다. 찬바람이 들어올세라 집집마다 창문을 꽁꽁 닫아걸고, 그래서 죽음이 쉽게 발견되지 않는다. 그러니 겨울에는 청소 의뢰가 적고 현장은 다른 계절보다 오랫동안 방치되어 있던 경우가 많다.

그날도 예약된 일이 없어 책상머리에 앉아 몇 시간째 인터넷 뉴스만 보고 있는데 오랜만에 의뢰 전화가 걸려왔다. 직원 둘을 데리고 '원룸텔' 간판이 붙어 있는 건물에 도착하니 전화를 했던 관리인이 마중을 나와 있었다.

"경찰에서 얼마 만에 발견되었다고 하던가요?"

"3주쯤 된 것 같다고 하더군요. 입주한 게 3주 전인데 바로 그날 벌어진 일 같습니다. 짐도 없고 사람이 표정도 어두운 게 이상하다 했는데."

관리인은 무슨 말인가를 더 하려다가 입을 다물었다. 그가 머뭇거리며 말하지 않는 것이 무엇인지 궁금했지만 현장에 가면 알게 될 일이었다. 엘리베이터를 타고 올라가는 동안 누구도 입을 열지 않았다.

문은 손잡이가 떨어져나간 채 파손되어 있었다. 잠긴 문을 억지로 연 흔적이었다. 자살한 현장에서는 흔히 보이는 풍경이다. 안으로 들어가니 에어컨 배관에 매달린 넥타이 두 개가 눈에 띄었다. 역시 그리 높지 않았다.

스스로 목숨을 끊는 사람들이 목을 매다는 곳은 대부분 어른 키 높이를 넘지 않는다. 처음에는 의아했다. 바닥에 발이 닿는 높이에서도 가능한가?

그러다가 차차 알게 되었다. 생사를 결정하는 것은 발이 닿는 높이인가 아닌가가 아닌 삶의 의지가 얼마나 강한가에 달려 있다는 걸. 살아갈 의지를 잃고 죽음을 선택한 이들은 대개

목에 줄을 감은 채 술을 마시거나 수면제를 먹고 잠이 든다. 잠에 깊이 빠져들수록 줄은 목을 조여오고 결국 죽음에 이르게 된다. 그래서 문손잡이에 목을 매는 경우가 많은 것이다.

넥타이를 잘라 폐기물 박스에 넣었다. 죽음의 도구로 쓰였던 물건을 수습하는 일은 언제나 착잡하다.

그런데 이상했다. 침대에 부패물이 스며들어 있었다.

"혹시 죽은 사람이 더 있었나요?"
"네. 한 명 더 있었습니다."

동반자살인가 싶어 관리인을 바라봤다.

"네 살짜리 아이였어요."
"아이라고요?"
"딸아이요. 경찰 말이, 먼저 아이 목을 졸랐답니다."

고인의 부모가 왔었다고 했다. 아들과 손녀를 한꺼번에 잃은 고인의 아버지가. 현장 감식을 하러 나온 경찰과 고인의 아버지가 대화하는 것을 들었는데, 고인은 서른한 살이었다.

아이 엄마는 겨우 스물셋, 젊다기보다는 미성숙한 어른이었고 결혼 생활도 아이 양육도 힘들어했다.

며느리가 집을 나가자 아이 할머니는 매일같이 눈물 바람이었다. 속이 상한 나머지 아이 엄마를 당장 찾아오라고 아들을 다그쳤다. 그날도 어머니는 언제까지 이렇게 살 거냐며 아들을 닦달했고 아들은 아이와 아이의 인형만 챙겨 들고 집을 나갔다. 그것이 마지막 모습이었다. 옷가지조차 챙기지 않은 아들은 집을 나와 바로 원룸텔을 계약하고 즉시 입주했다.

짐은 거의 없었다. 인형 다섯 개와 빈 술병 세 개, 담배 한 갑이 전부였다. 담뱃갑을 열어보니 딱 한 개비가 비어 있었다. 이곳에 들어와 한 개비를 피운 것이 생전의 마지막 담배였다. 아마도 딸을 살해한 직후였을 것이다. 가슴속에서 무언가가 울컥 치밀어 올랐다. 당시 내 딸도 네 살이었다.

아침에 출근하면서 품에 안아보았던 딸아이의 몸이 떠올랐다. 부드럽고 연약한 몸. 아이는 말랑말랑하고 따뜻하고 깃털처럼 가볍다. 너무 가볍고 부드러워서 손을 잡을 때도, 가슴에 안을 때도, 말을 건넬 때도 힘을 꽉 주어서는 안 된다. 그런데 그는 대체 무슨 짓을 한 것일까.

엄마, 아빠 없이 사는 것이 죽는 것보다 못하다고 생각했던 것일까. 그는 세상에서 가장 나쁜 선택을 했다. 부모 없이 혼자 남을 아이가 가엾다면 그 자신이 살아야 했고, 그렇지 못하더라도 아이만은 남겨두어야 했다.

아이의 삶은 그의 소관이 아니다. 부모가 없기 때문에 아이가 불행하고 비참한 삶을 살게 될 거라는 생각은 터무니없는 오산이다. 자신만이 아이를 행복하게 해줄 수 있고, 부모 없는 아이는 모두 불행하다는 착각. 그렇다면 고아의 삶은 죽은 이보다 못한 것인가.

아이는 오직 자연의 소유이며 아이의 삶은 부모와 별개다. 생명은 독자적인 것이다. 낳고 길렀다 해서 그 생명의 주인은 아닌 것을, 부모들은 인정하려 들지 않는다.

도저히 일을 할 수가 없었다. 세상을 떠난 아이와 내 딸아이의 모습이 자꾸만 겹쳐졌다. 눈물이 쏟아질 것 같아 문을 열고 밖으로 나갔다. 직원들은 그런 나를 이해해주고 아무것도 묻지 않은 채 묵묵히 현장을 정리했다. 밖으로 나와서도 얼마간은 마음을 진정할 수 없었다.

결국 나는 다시 현장으로 들어가지 못했다. 인형들에 둘러싸인 아이의 흔적이 남아 있는 곳으로 나는 한 걸음도 뗄 수 없었다.

평생 소원이

이루어지는 날

한 여성에게 집이 철거 예정이라 그 전에 세간을 다 폐기해야
하는데 쓰레기가 많으니 견적을 봐달라는 연락이 왔다.

약속 날짜를 잡고 방문한 집은 지금까지 본 집들 가운데
최고의 쓰레기 집이었다. 버리는 쓰레기만 10톤은 넘게 나올
듯했다. 열 명 이상의 인력으로 이틀은 해야 청소가 끝날 것
같았다.

마침내 청소하는 날, 골목이 좁아 4.5톤 트럭을 주차하는
데만 한 시간 가까이 걸렸다. 대부분 이주하여 몇 가구만 살

고 있는 철거 예정 구역이었고, 그 집은 남아 있는 몇 가구 가운데 하나였다.

오래전에 지어져서 폐가와 다름없는 데다 대문 앞부터 각방과 창고, 다락방까지 쓰레기가 천장 높이만큼 쌓여 있어 들어가기도 힘들었다. 마치 쓰레기가 기둥처럼 천장을 받치고 있는 형국이었다. 우선 대문을 뜯어내고 앞마당에 가득 쌓인 쓰레기들부터 치워 나르기 시작했다.

"박물관이 따로 없네요."

직원 말대로였다. 수십 년간 쌓인 쓰레기들 속에는 지금은 생산이 중단된 과자 봉지부터 1980년대의 잡지, 신문, 레코드판 등 과거의 물건들이 쏟아져 나왔다.

직원이 물었다.

"어떻게 이렇게 살 수가 있죠?"

신입 직원이 들어오면 꼭 묻는 말이다. 그럴 때마다 대답하곤 한다. 먹고사는 데 치이고, 사람한테 배신당하고, 외로움에 사무치다 보면 삶의 의욕을 잃고 생활의 의지를 놓게 되기 때문이라고.

집에는 의뢰인 외에도 그녀의 오빠와 거동이 불편한 어머니가 살고 있었다. 아버지는 딸이 갓난쟁이일 때 교통사고로 사망했고, 그 사고로 어머니도 한쪽 다리를 잃었다. 아담한 집에서 두 아이를 낳고 화목하게 지내던 부부였다. 하지만 한순간의 사고로 집안의 가장이자 기둥이었던 남편이 세상을 떠났다. 젊은 아내는 한쪽 다리를 절단한 몸으로 갓난쟁이 딸과 네 살배기 아들을 키워야 했다.

보상금을 받아 겨우 아이들을 키웠지만, 상상도 못했던 현실에 생활을 영위해 나갈 의지를 잃어버렸다. 그때부터 쓰레기가 쌓이기 시작했다. 남매는 성인이 되었지만 아기 때부터 그런 환경을 당연한 것으로 알고 자라 이미 익숙해질 대로 익숙해져 있었다.

《꽃으로도 때리지 말라》라는 책에는 전쟁과 굶주림에 시달리는 아프리카 사람들의 이야기가 나온다. 그들은 갓 태어나서는 각종 바이러스에 노출되어 쉽게 목숨을 잃고, 자라면서는 하루에 한 끼조차 먹기 힘들어 굶어죽기 일쑤다. 그토록 참혹한 상황에서 어린아이들은 총을 들고 전장에 뛰어들기도 한다. 그리고 이를 당연하게 받아들인다.

우리는 파리 한 마리만 눈앞에 날아다녀도 손사래를 쳐서 쫓아버리지만 그곳 사람들은 수십 마리의 파리가 얼굴에 달라붙어 있어도 아무렇지 않게 여긴다. 늘 겪는 익숙한 일이기 때문이다. 남매에게 집은 세상이 눈에 들어올 때쯤부터 이미 쓰레기장이었다. 생애 최초의 교사인 엄마로부터 집을, 몸을, 마음을 깨끗이 하며 살아야 한다는 것을 배우지 못했다.

그렇게 성장했지만 딸과 아들은 여느 성인들과 다름없이 평범했다. 직장에 다녔고, 차림새도 말끔했다. 다만 주거 환경이 다를 뿐이었다. 모든 작업이 마무리될 때쯤 이 가족과 대화를 할 수 있었다.

"이사 갈 곳은 정하셨어요?"

휠체어에 앉아 있던 어머니가 환한 얼굴로 대답했다.

"네. 꽤 많은 이주 비용을 받았어요. 집도 구했고 가전제품이며 가구들도 모두 새로 장만할 거예요."

딸도 눈가가 촉촉이 젖은 채로 말했다.

"죽을 때까지 이 집을 떠나지 못할 줄 알았어요. 이 집을 떠나는 게 평생 소원이었어요. 소원이 이루어졌어요."

그러고는 너무나 밝게 함박웃음을 지었다.

그녀도 쓰레기로 가득 찬 집에서 살고 싶지 않았다. 그러나 태어날 때부터 주어진 환경이었고 가족이 있는 곳이었다. 더 좋은 것이 무엇인지를 모르지는 않았지만, 어머니가 부족하다고 어머니를 바꿔버릴 수 없었고, 다른 집과 다르다고 자신의 집을 떠나버릴 수가 없었다. 쓰레기 집이어도 그녀에게는 가족이 함께 몸을 누이고 쉴 공간이었다.

축하한다고 말해주었다. 나도 기뻤다. 한편으로는 누구에게나 닥칠 수 있는 슬픔과 고통이 한 가족의 삶을 어떻게 바꾸어버리는지 다시 한 번 뼈저리게 느꼈다. 부모가 보여주는 모습이 자식의 미래가 될 수 있다는 점에서 두 딸아이의 아버지로서의 책임감도 느꼈다. 아이들이 바른 삶을 당연한 것으로 여기고 익숙해지게 만들려면 부모가 바르게 살아야 한다는 깨달음은 덤이었다.

고통, 삶에 다달이 지불하는 월세

제주도는 두 번째였다. 장비와 약품은 비행기 화물로 싣고 갈 수 없는 품목이라 차량을 가지고 가야 해서 두 번 다 배를 이용했다.

도착한 곳은 제주 시내, 빌딩들만 늘어서 있는 것이 서울과 다르지 않았다. 다만 길가의 야자수들 때문에 제주도에 왔다는 실감이 들었다.

수십 가구가 거주하는 주상 복합 오피스텔에서 의뢰인을 만났다. 건물 관리인이자 부동산 중개소 직원이라고 했다. 만나자마자 그는 한숨부터 쉬었다.

"업체가 와서 청소도 하고 소독도 하고 갔는데 그대롭니다. 락스 한 통을 다 뿌렸는데도 마찬가지예요."

나 역시 한숨이 나왔다. 종종 일어나는 일이었다. 락스 정도로 해결될 일이라면 우리 같은 업체가 있을 리 만무하다. 또 청소 업체라고 모두 특수 청소에 대한 지식을 갖고 있는 것도 아니다. 이사 청소처럼 쉽게 생각하고 이 일에 뛰어든 업체들이 전문 장비나 약품도 없이 청소와 소독만 해놓고 가 버리는 통에 상황이 더 악화되기 일쑤였다.

문을 여니 락스 냄새가 훅 끼쳐왔다. 아무래도 한 통만 부어놓은 게 아닌 것 같았다. 눈이 따끔거리고 머리가 아파왔다. 다른 집에 피해가 갈 수 있어 문을 닫고 작업해야 하지만, 생명의 위협을 느낄 지경이라 도저히 불가능했다. 실제로 밀폐된 공간에서는 다량의 락스를 사용하면 안 되는 것이 수칙이다.

관리인의 허락을 받고 창문을 열었다. 위층으로 악취가 올라가는 것을 막기 위해 이동식 환풍기를 연결하고 창틀에 올

려놓았다. 환기가 어느 정도 되고 나서야 내부를 둘러보았다. 세탁기 위가 불에 그슬려 있는 것이 눈에 띄었다. 연탄을 피웠던 모양이다.

일단 약품을 꺼내 구석구석 닦아내기 시작했다. 악취는 공기를 타고 집 안 구석구석까지 스며들기 때문이다. 천장이며 벽면, 가구, 가전제품에도 배어든다. 공기 중에 일반 소독약만 뿌려서는 결코 제거되지 않는다.

이제 벽지를 제거해야 했다. 종이를 뜯어내는 일이니 수월할 것 같지만 시간도 품도 많이 든다. 보통 도배는 기존 벽지 위에 덧붙이는 식으로 한다. 그러니 도배지는 겹겹이 쌓이고, 합판처럼 두껍고 딱딱해진 벽지를 떼어내는 일은 결코 쉽지 않다. 맨 처음 붙여놓은 초한지와 벽지가 밀착되어 있기라도 하면 한 번에 뜯어지지 않고 조각조각 뜯어진다.

여덟 평짜리 원룸의 벽지를 건장한 사내 둘이 떼어내는 데 두 시간을 훌쩍 넘긴 적도 있다. 그러나 아무리 시간이 오래 걸려도 벽지 제거는 반드시 해야 한다. 벽지에 배어든 악취 때문이다.

벽지를 제거하고 나니 바닥이 남았다. 원목 데코 타일이었다. 아마도 악취의 가장 큰 원인일 터였다. 일반 장판은 비닐

재질이라 부패물이 바닥으로 스며들기 어렵다. 그러나 데코 타일은 미세한 틈새로 부패물이 흘러들고, 강한 산성의 유기산유가 타일 사이사이를 메꿔놓은 접착제를 녹여 시멘트 바닥까지 스며든다.

장판처럼 손으로 들어낼 수는 없고, 기계로 타일을 뜯어낸 뒤 시멘트 바닥의 접착제도 제거해야 했다. 우리가 할 수 없는 작업이었다. 관리인에게 설명을 한 뒤 스마트폰으로 작업 가능한 업체를 수소문하기 시작했다. 고가의 장비라 보유한 업체를 찾을 수 있을지 걱정이었다. 서울이라면 몰라도 이곳은 제주도였다.

다행히 제주도에서 유일하게 그 기계를 가지고 있는 업체를 찾았다. 전화를 하니 현재 다른 곳에서 기계를 사용 중이라 한 시간 후쯤 도착할 수 있다고 했다. 다행이었다. 비로소 시장기가 느껴졌다. 점심때가 한참 지나 있었다.

식사를 하러 나가려던 찰나, 심상치 않은 표정의 여인이 들어왔다. 관리인이 얼른 일어나 인사를 했다. 나도 명함을 건넸다. 여인은 명함을 받아들자마자 화를 내기 시작했다.

"왜 하필 내 집에서 죽느냔 말이야. 얼마나 신경을 썼는지 아주 두통약을 달고 살아, 요즘. 심장도 벌렁거려서 지금도 병원에 다녀오는 길이야. 내가 이놈의 집구석 청소하느라 여태 돈 쓴 걸 생각하면 울화통이 터져 잠을 못 잔다니까. 보증금 다 까먹고 내 돈까지 썼어. 완벽하게 한다고 큰소리 뻥뻥 치더니 냄새는 그대로고, 이번엔 확실한 거야? 어휴, 왜 내 집에서 죽어서는."

여인은 숨도 안 쉬고 말했다. 하이톤의 목소리에 머리가 지끈거렸다.

"원인 제거가 안 돼 그런 겁니다. 원인을 제거하고 코팅해서 차단하면 냄새는 사라지니 걱정 마십시오."

하지만 듣지도 않고 다시 한탄을 시작했다. 나도 듣지 않고 생각했다.

'지금 밥 안 먹으면 작업 끝날 때까지 굶어야 하는데, 했던 말을 자꾸 하시네.'

불량 업체 때문에 한 번에 끝낼 일을 두 번에 걸쳐 하게 됐으니 속상할 만도 했다. 비용은 두 배로 들고, 그렇다고 공실로 비워둘 수는 없고, 애초에 목숨을 끊지 않았다면 이런 일이 일어나지 않았으리라는 생각에 세입자가 원망스럽기도 할 것이다.

건물주가 관리인과 잠깐 대화를 하는 사이, 바닥을 뜯고 갈아내는 작업이 마무리되면 바로 일을 시작하겠다고 말하고는 밥을 먹으러 나왔다. 머리가 지끈거려 관자놀이를 눌러가며 가까운 국밥집으로 들어갔다. 밥이 나오고 두 수저쯤 떴을까, 데코 타일 제거 장비 기사가 도착했다고 전화가 왔다. 먹다 말고 식당을 나왔다.

장비 기사는 현장에 도착하자마자 눈살을 찌푸렸다.

"이게 무슨 냄새람."

기사는 혼자 중얼거리고는 바닥을 뜯어내고 접착제를 갈아내기 시작했다.

십 분도 채 걸리지 않아 시멘트 바닥이 드러났다. 예상대로였다. 바닥의 절반 이상이 색이 짙게 변해 있었다. 게다가 문지방이며 붙박이장까지 유기산유가 스며들어 있어, 문과 붙박이장을 뜯어내고 바닥은 코팅을 해서 악취를 차단해야 했다.

상황을 설명하자 건물주는 또 한 번 고인을 비난하며 화를 냈다. 그러면서 고인의 가족 이야기를 해주었다.

고인을 발견한 뒤 수소문해 부모를 찾았는데, 두 사람은 딸의 죽음이 서로의 탓이라며 큰소리로 싸웠다고 한다. 부모는 이혼한 상태로, 딸은 엄마와 살다가 육 개월 전 하와이로 유학을 간다며 집을 떠났다. 잘 지내고 있다고 가끔 새벽에 전화가 왔고, 그 시간에 전화를 건 것은 시차 때문이라고만 생각했다. 그런데 육 개월 만에 제주도에서 주검으로 발견된 것이다.

유서를 남기지 않았기에 사유는 알 수 없었다. 다만 짐작하기로는 그녀에게는 의지할 만한 가족이 없었을 것이다. 딸의 죽음을 두고 '네 탓이오'로 일관하는 부모. 그런 부모로 인해 딸은 외롭고 괴로웠다.

유학을 떠난다는 거짓말을 하면서까지 집을 벗어나고 싶었지만, 결국 아는 이 하나 없는 제주도에서 외롭게 생을 마감하고 말았다. 이십 대 초반의 나이라고 했다. 아직 꿈이 많을 나이, 그녀는 어떤 꿈을 갖고 제주도에 온 것일까? 아니면 이 모든 일이 처음부터 계획되었던 것일까?

알 수 없었다. 나는 그저 내 일을 하고 돌아가면 그뿐. 그러나 계속 이건 아닌데, 하는 생각이 머릿속을 맴돌았다.

힘든 것도 살아 있으니 겪는 거고 행복한 것도 살아 있어야 겪는 것이다. 인생에 행복만 있을 수 없고 반대로 괴로움이 없을 수 없다. 그런데 우리는 이 두 가지 가운데 하나만 취하려 한다. 행복한 것은 당연하게 생각해서 행복인 줄을 모르고, 괴로움은 원래 삶에 존재하지 않는 것처럼 여겨서 '왜 나한테만 이런 일이 일어나는지 모르겠다'라며 원망하고 비관하며 자신을 파괴한다.

괴로움은 삶에 다달이 지불하는 월세 같은 것이다. 하지만 그보다 훨씬 많은 행복이 우리를 찾아온다. 당연하게 여겨서 모를 뿐이다.

살아 있다는 건 축복이고 기적이다. 내가 존재한다는 건 우주가 생긴 이래 가장 특별한 사건이다. 태어났으므로 이미 나는 선택받은 존재다.

어디선가 감동 깊게 읽었던 소설의 한 구절을 빌려 나는 죽음을 생각하는 젊은이들에게 이렇게 말하고 싶다.

"죽고 싶다는 말은 거꾸로 이야기하면 이렇게 살고 싶지 않다는 거고, 이 말은 다시 거꾸로 뒤집으면 잘살고 싶다는 거고, 그러니까 우리는 죽고 싶다고 말하는 대신 잘살고 싶다 말해야 돼. 죽음에 대해 말하지 않아야 하는 건, 생명(生命)이라는 말의 뜻이 살아 있으라는 명령이기 때문이야."

모두가 원하는 죽음

방문에 사진이 빼곡히 붙어 있었다. 다섯 살쯤 된 사내아이와 마흔이 조금 넘어 보이는 남자의 사진. 두 사람은 서로 아이스크림을 먹여주거나, 익살스러운 표정을 똑같이 짓고 있거나, 맨발로 바닷가를 걷고 있었다. 아이를 높이 들어올리고 웃는 사진, 아이에게 자전거를 가르쳐주고 있는 사진도 눈에 띄었다.

내 딸도 사진 속의 사내아이와 비슷한 또래였다. 저 아이를 두고 남자는 어떻게 세상을 떠날 수 있었을까. 마음이 무거웠다. 어린아이가 잘못되거나 아이의 부모가 사망한 현장은 늘 작업하기가 심적으로 힘겹다.

청소가 마무리될 무렵 청소를 의뢰했던 고인의 친구가 찾아왔다. 아이 아버지는 간경화를 앓았고, 이혼하고 이 집으로 이사 온 지 한 달이 채 안 됐다고 했다. 어쩐지 아직 풀지 않은 짐들이 있었고 방문이며 창틀의 페인트도 갓 칠한 듯 보였다.

간경화가 있는 데다 이사 온 지 얼마 안 됐는데 빈 술병이 어찌나 많은지 놀랐다. 술이 죽음을 불러왔을 것이다. 침대 한켠에 놓여 있던 페트병에 든 피로 보아 각혈까지 진행된 상태인 듯했다.

사진 속의 고인은 행복해 보였다. 방문 전체에 빽빽이 사진을 붙여놓은 것만 봐도 아들을 한없이 사랑한 아버지임에 틀림없었다. 그러나 그는 피를 토하는 고통 속에서도 손에서 술병을 놓지 못했다. 건강은 계속 악화되고 이혼으로 인해 아이와도 헤어졌다. 어떤 마음이었을지 짐작조차 할 수 없었다.

현장을 정리하다 보면 굳이 알려 하지 않아도 알게 되는 것들이 있다. 인테리어와 가구, 집 안의 물건과 책들은 이 집에 살았던 사람이 누구였는지를 말해주곤 한다.

고인의 집은 방문과 창틀, 몰딩은 모두 흰색 페인트칠이 되어 있고 그와 대조적으로 가구는 모두 검은색이었다. 장식

소품들도 심플하면서 멋스러웠다. 고인은 감각적이고 섬세하며 조용한 사람이었을 것이다.

도예도 즐겼던 것 같다. 관련 서적들이 많았고 가정용 전기가마까지 구비해놓았다. 전자 피아노와 기타 같은 악기, 작곡할 때 필요한 컴퓨터 기기들도 있었다. 그는 작곡가였다.

직업도 취미도 모두 혼자 하는 일이었다. 고인은 많은 시간을 사람들과의 왕래 없이 집에서 홀로 보냈을 것이다. 결국 죽음도 홀로 맞았다.

고독사는 더 이상 홀로 사는 노인들만의 문제가 아니다. 지역 복지관이나 주민센터에서 시행하고 있는 돌봄 서비스 덕분에 노인 고독사는 오히려 줄어들고 있다. 문제는 젊은이들의 고독사다.

도시에는 빠르게 원룸 건물들이 들어서고 있다. 일인가구가 늘어날수록 고독사도 늘어난다. 그들은 외부와 단절된 채 살아가 쉽게 발견되지도 않는다. 시취는 하루만 지나도 발생하고, 밖으로 새어나간다. 그럼에도 옆집, 앞집, 윗집, 이웃의 누구 하나 관심을 갖는 경우가 흔치 않다. 무언가 이상해서, 불쾌한 마음으로라도 관심을 가져볼 법한데 향기 좋은 방향제를 사다놓고 창문을 꼭꼭 닫아건 채 무심히 지나친다.

연락이 닿지 않아 찾아온 친구에 의해, 가족에 의해 발견되면 그나마 다행이다. 오랜 기간 요금이 밀려 단전, 단수가 되고 월세가 입금이 안 돼 찾아온 집주인에 의해 발견되면 삼 개월 이상 방치된 것이다.

마흔 초반, 아직 젊은 이 아버지에게 고독은 홀로 된 지 한 달도 안 되어 목숨을 앗아갈 만큼 치명적인 것이었다. 고독사가 의미하는 것은 죽음이 아니라 삶이다. 고독사는 그가 얼마나 고독하게 죽었는가가 아니라 얼마나 고독하게 살았는가를 말해준다. 병 때문이든 스스로 목숨을 끊든, 그 쓸쓸한 삶이 고독사를 불러오고 그 자리에는 비워진 술병, 높다랗게 쌓인 쓰레기, 텅 빈 냉장고, 먼지 앉은 바닥, 때로는 명품 의류와 번쩍거리는 보석들이 증거로 남는다. 삶의 의지를 상실했음을 보여주는 증거다. 그들이 죽은 것은 아마도 더 이상 살 이유를 찾지 못했기 때문이 아닐까.

고인은 나와 비슷한 나이, 내 딸만한 아이의 아버지였다. 그래서인지 많은 생각이 들었다. 언젠가 나에게도 찾아올 마지막 순간은 어떤 모습이어야 할까. 어떤 죽음이 나의 것이 되어야 할까. 그러자 장례지도사 시절 만난 한 죽음이 떠올랐다.

추석이었다. 그날 어느 할머니가 돌아가셨고 내가 장례지도를 해드렸다. 명절 당일이라 그런지 식장 안은 아직 한산했다. 의식을 치르기 전, 유가족들은 할머니가 어떻게 돌아가셨는지 이야기해 주었다.

명절이면 가족들은 할머니 댁에 모였다. 그날도 하루 전날 할머니 댁으로 모두 모여들었다. 한 가족 한 가족 도착할 때마다 할머니는 아들이며 며느리, 손자, 손녀들의 손을 잡고 머리를 쓰다듬으며 따뜻하게 맞아주셨다.

마침내 자손들이 모두 모이고, 다함께 둘러앉아 명절 음식을 나누어 먹었다. 워낙 연로한 분이라 건강이 썩 좋지 않았지만 그날은 좋아 보이셨다. 음식도 꽤 많이 드셨다. 손주들에게 직접 용돈도 주시고 여느 때보다 오랫동안 가족과 함께하셨다. 하루의 거의 대부분을 누워 계시는 분이었지만 이날은 한참을 앉아 계셨다. 평소보다 많은 말을 하고 자주 웃으셨다.

그리고 다음 날인 추석 아침, 할머니는 가만히 누운 채 일어나지 않으셨다. 밤새 주무시다 곱게 돌아가신 것이다.

나에게도 그렇게 평화롭고 안온한 죽음을 맞을 수 있는 행운이 찾아오기를 기도한다. 마지막으로 내게 소중한 사람들을 한 번씩 안아보고 조용히 잠드는 것. 아마도 모두가 원하는 죽음일 것이다.

그
가
족
이

살
아
가
는
법

어느 날 방 한 칸만 청소해달라는 의뢰가 들어왔다. 방 한 칸만이라…… 궁금했지만 현장에 가면 다 알게 될 일이어서 면적과 층수, 방치된 기간만 묻고 상담을 끝냈다.

현장에 도착해보니 방 한 칸만 청소해서 될 일이 아니었다. 문을 닫아놓는다고 악취가 차단되는 것이 아니다. 다른 방들에도 탈취제를 분사해야 하고 거실은 천장이며 벽면, 가구까지 모두 닦아낸 뒤 약을 뿌려야 했다. 고인이 발견된 방은 벽지와 장판을 모두 제거해야 할 것 같았다.

설명을 끝내자 고인의 손녀라는 젊은 여성이 물었다.

"약을 뿌리면 집에서 잘 수 없는 건가요? 그러면 부모님과 호텔에서 지내야 할 텐데 며칠 뒤에 돌아오면 될까요?"

적어도 하루 동안은 악취 제거 장비를 가동시켜 놓아야 할 듯했다. 산소를 태워 산소에 스며들었던 악취 분자까지 모두 태워 없애는 방식이다. 시중에 파는 오존 살균기로는 악취 제거가 완벽하게 되지 않아 여러 번의 시행착오 끝에 직접 만들었는데, 장비를 켜놓은 상태에서는 모든 문을 닫아놓고 사람은 밖에 나와 있어야 한다.

"내일 저녁부터는 생활이 가능하실 겁니다."
"네, 알겠습니다. 부모님은 학원을 운영하시고 저도 그 학원에서 일하느라 바빠 사흘이 지나서야 할머니가 돌아가신 걸 알았어요."

그동안 숱한 현장을 다녔지만 같이 사는 가족이 사망했는데 며칠째 그 사실을 몰랐던 경우는 처음이었다. 집을 들고 날 때 잘 다녀왔다, 잘 다녀오겠다 인사도 하지 않은 것인가. 며칠 동안 밥 한 끼 같이하지 않은 것인가.

순간 여러 생각이 들었지만 얼른 생각을 접고 특별히 전달해야 할 물품은 없는지 물어보았다. 귀중품, 현금, 도장, 사진, 서류, 휴대전화 등이 정리 중에 발견되면 소독하여 유가족에게 전달하고, 그 외에 무엇이 더 있는지 확인하는 것이 규정이었다.

"워낙 사치스러운 분이라 보석이 많을 거예요."

자신의 할머니를 그렇게 표현하는 것에 꽤 놀랐다.

"한곳에 정리해두고 알려주세요."
"네. 정리한 뒤 장비 켜고 떠날 때쯤 연락드리겠습니다."

손녀는 잘 부탁드리겠다고 예의 바르게 인사한 다음 집을 나갔다. 인사성도 바르고 심성도 고와 보였다. 그런데 유독 할머니에 대해서만큼은 왜 그렇게 냉정하게 말하는 것일까.

할머니 방으로 들어갔다. 보일러를 계속 가동시키고 있었는지 땀이 날 만큼 후텁지근했다. 하지만 악취가 새어 나갈까 봐 거실로 이어지는 방문도 발코니와 연결된 창문도 열 수 없었다. 소매로 땀을 닦아가며 정리를 시작했다.

등산을 좋아하셨는지 색색의 등산복이며 등산화, 등산용품이 많았다. 화장품도 웬만한 젊은 여자들보다 많았다. 이런 일을 하다 보면 자연히 알게 되는 것 가운데 하나가 브랜드인데 고급 수입 브랜드가 대부분이었다. 옷장 속에는 밍크코트가 여러 벌 걸려 있고 다른 옷들도 모두 고가의 제품으로 보였다. 특히 섬유는 악취가 한 번 배어들면 여러 번 세탁을 해도 빠지지 않기 때문에 반드시 폐기 처분해야 한다. 새것과 다름없는 고급 옷도 윤기 흐르는 모피코트도 죄다 폐기물 박스 안으로 들어갔다.

화장대 서랍을 여니 백화점에서 판매하는 보석 브랜드 책자가 여럿 나왔다. 살 때는 비싸지만 팔 때는 가치 없는 보석들이었다. 몹시 반짝거리는 보석들로 장식된 화려한 브로치며 목걸이, 반지, 팔찌들도 쏟아져 나왔다.

귀중품이라 사진을 찍어두었다. 동종의 다른 업체에서 '남의 것을 탐하지 마라'라는 가장 예민한 규정을 어겨 뉴스에 보도된 것을 본 적이 있다. 고인의 유품을 정리하고 남겨진 사람들의 슬픔과 고통을 덜어내는 일을 하면서 그런 불상사가 발생한다면 회사를 운영해 나가기 어려울 것이다. 그래서 만일을 대비해 서랍을 열기 전, 귀중품 발견 즉시, 청소 전후 등 여러 번 사진을 찍는다. 대개 50~60장을 찍지만 1500장까지 찍어둔 적도 있다.

다음 서랍을 정리했다. 통장이며 신용카드 고지서, 무슨 무슨 캐피탈에서 보내온 독촉장들이었다. 백만 원, 백오십만 원, 삼백만 원 등 다행히 액수는 크지 않았다. 통장 지급 정지 통보서도 있었다.

사치스러운 분. 손녀가 왜 그렇게 말했는지 알 것 같았다. 그러나 가끔이라도 같은 밥상에서 함께 밥을 먹고, 짧게라도 대화를 나누는 가족이었다면 할머니가 사치로 외로움을 달랠 필요가 있었을까.

할머니 방 청소를 끝내고 거실과 주방, 다른 방들을 청소했다. 주방은 음식을 해 먹은 흔적이 없었고, 냉장고에는 노인이 반찬 삼을 만한 음식이 들어 있지 않았다. 안방과 손녀 방에는 개켜놓지 않은 옷들이 널려 있었다. 빨래를 하면 걸어 놓을 뿐 옷장에 넣어두지 않는 모양이었다.

거실 소파에도 옷이 잔뜩 쌓여 있었다. 빨래를 한 옷인지

빨래를 할 옷인지도 구분되지 않았다. 그 옷들 위에 또 거실 바닥에 먼지가 잔뜩 앉아 있었다. 세 개나 되는 골프 가방 위에도 훅 불면 재채기가 날 정도로 먼지가 두터웠다.

털어내기엔 먼지가 너무 많아 세정 수건에 물을 적셔 일일이 닦아냈다. 진열장이며 협탁, 테이블, 소파까지 닦고 또 닦아야 했다. 한 번 닦아서 사라질 양의 먼지가 아니었다. 가져간 세정 수건이 모자라서 빨아다 쓰기를 여러 번 했다.

청소를 하는 동안 계속 생각했다. 사흘만 방치된 것이 아니구나……. 할머니는 아주 오랜 시간 외딴섬처럼 홀로 지낸 듯했다.

할머니를 사치스러운 분으로 만든 건 가족들이 아니었을까. 사람이 살되 '잠만 자는 곳'이라고 써 있는 듯한 집이었고, 보일러 때문에 춥지는 않지만 온기 없이 서늘한 집이었다.

물론 가족들은 눈코 뜰 새 없이 바빴을 것이다. 사업체를 운영한다는 것은 시간과 에너지 등 가진 자원을 모두 쏟아 부어도 성공이 보장되지 않는 힘든 일이다. 나 역시 일만 하지 말고 가족들도 생각해달라는 원망을 들으며 회사를 운영한다. 게다가 이 가족은 할머니를 제외한 온 가족이 학원에 매달려 있었다.

가족 입장에서는 오히려 할머니에게 섭섭한 마음이 들 수도 있었다. 집에 들어오면 잠자기 바쁜 자식들을 위해 집안일을 돌보는 대신 쇼핑으로 소일하던 분이었으니 말이다. 많은 여성 노인이 맞벌이하는 자녀를 위해 가사를 돌보고 육아를 맡는다. 폐지를 주워 팔며 근근이 살아가는 홀몸 노인들도 부지기수다. 그에 비하면 할머니는 왕후의 삶을 살았다. 넓고 깨끗한 집에서 추위와 더위 걱정 없이 지냈다. 먹고살기 위해 일할 필요도 없었고, 가사를 돌보지도 않았다.

그렇다 해도 이해하기 힘들었다. 현관문을 열고 들어오는 순간 모를 수가 없었을 것이다. 무슨 냄새인가 싶어 한 번쯤 할머니 방을 열어봤을 법도 한데 세 식구 가운데 누구도 그렇게 하지 않았다. 사흘 이상 할머니를 보지 못하고도 아무도 궁금해하지 않았다. 그것이 오랫동안 할머니를 대해온 이 가족만의 방식이다.

멈추지 않는 생각과 함께 작업을 마무리했다. 악취 분해 장비를 켜두고 손녀에게 전화를 걸어 다시 방문하겠다고 알렸다.

다음 날, 장비를 철수하고 마지막 약을 뿌린 다음 가족들을 기다렸다. 얼마 지나지 않아 어제 본 손녀와 부모, 장례식 때문에 외국에서 왔다는 고모와 그의 딸이 들어왔다.

"할머님 방은 벽지와 장판을 제거하고 짐을 모두 뺐습니다. 거실과 다른 방들도 탈취와 소독을 끝냈습니다. 마지막 약을 뿌려놓은 상태이니 사흘 뒤에 환기시키고 다시 도배하면 사용할 수 있을 겁니다."

"이렇게 어려운 일을 해주시느라 정말 고생이 많으셨습니다. 얼마나 감사한지 모르겠어요. 고맙습니다."

부모는 감사하다며 연신 고개를 숙였다.

"참, 식사는 하셨나요? 아직 식사 전이면 저희가 대접하고 싶습니다만."

"감사하지만 괜찮습니다."

친절하고 예의 바른 가족이었다. 가식적인 느낌은 없었다. 다만 여느 유가족들처럼 슬프거나 침통해 보이지는 않았다. 집을 나오는데 마치 이사 청소를 해주고 온 느낌이었다.

세상을
바꾸어 나가는 힘

침대 하나, 책상 겸 수납장 용도의 서랍장 하나가 전부인 작은 방이었다. 옷가지도 몇 벌 안 됐다. 그 작고 단출한 방 안 구석구석에 구더기들이 기어 다녔다. 녀석들은 콘센트 구멍 속에서도 나오고 벽지를 뜯어내면 그 안에서도 발견된다. 구더기들의 몸체와 배설물에선 부패한 사체의 냄새가 난다. 그래서 남김없이 없애야 한다. 벽지와 장판을 제거하고 청소기로 구석구석 빨아들이고 콘센트를 분해해서 숨어 있는 녀석들을 찾아내야 한다.

몇 가지 안 되는 유품을 박스에 담고 침대와 수납장도 분해했다. 분해하며 보니 서랍에 매니큐어 같은 것들이 잔뜩 들어 있었다. 옷이나 신발 같은 유품들로 보아 남성이라고 생각했는데, 고인은 여성이었던 것일까. 그러고 보니 책들도 자격시험 예상 문제집 등 하나같이 네일 아트에 관한 것이었다. 구석에 놓인 종이 상자에도 인조 손톱들이 가득했다. 연습용이었는지 색색의 매니큐어로 무늬를 그려 넣은 예쁜 손톱들도 나왔다. 솜씨가 꽤 좋은 여성이었다. 그런데 왜 남자 옷을 입고 남자 신발을 신었던 것일까?

그러다가 문득 깨달았다. 내 고정관념이 얼마나 지독한 것인가를. 네일 아트를 꼭 여성만 하라는 법은 없었다. 남자라고 네일 아트를 직업으로 갖지 말라는 법도 없었다. 어쩌면 네일 아트는 여자들만 하는 일이라는 이 같은 고정관념이 고인의 죽음과 관련돼 있을지도 몰랐다.

남들의 시선이 어떻거나 고인은 열심히 학원에 다녔다. 매일 연습을 하고 또 했다. 많지 않은 돈으로 하나하나 재료를 사 모았다. 공무원처럼 안정적인 직업도 아니고 대기업 사원처럼 돈을 많이 버는 직업도 아니었다. 정말로 좋아하지 않으면 할 수 없는 일이었다. 고인은 정말 이 일을 좋아했고 하고 싶어 했던 것이다.

그가 살았던 원룸텔은 젊은이들로 언제나 활기찬 홍대 거리에 있었다. 그곳에서 한 청년이 꿈을 위해 열심히 살았다. 하지만 현실은 쉽지 않았다.

'괜찮아, 잘될 거야.'

책상 위에 놓여 있던 메모는 오히려 그가 얼마나 괜찮지 않았는지를 말해주었다.

벌써 육 년 전 일이다. 지금은 남성 네일 아티스트들도 볼 수 있고, 남성들이 네일숍에 가서 손톱 손질을 받는 것이 이상하지 않은 일이라고 들었다. 조금만 더 버텼더라면 지금쯤 꿈을 이루었을 테지만 그는 결국 죽음을 택했다.

누구에게도 당신의 이웃이었던 한 젊은이가 죽었다고 알릴 수 없었다. 청년의 죽음은 비밀에 부쳐진 채 현장은 정리되었다. 무슨 일이냐고 묻는 사람들에게 있지도 않은 개가 죽었다고 거짓말을 해야 했고, 애도는커녕 개를 버려 굶어죽게 만든 사람으로 고인을 비난받게 만들었다.

청년의 죽음도 개가 죽었다는 거짓말도 결국 주변의 시선과 인식 때문이었다. 뉴스에서 안타까운 죽음을 접하면 슬퍼하고 애도하지만 옆집에서 사람이 죽으면 무서워하고 불쾌해한다. 그런 마음과 생각들이 누군가로 하여금 인생을 포기하도록 만들고 있는 것일지도 모른다. 엄밀히 말해 자살 그리고 고독사는 우리의 매정함과 무관심이 만들어낸 또 다른 살인이다.

내 고정관념이 얼마나 지독한 것인지 깨달은 그날, 그런 고정관념과 편견 때문에 누군가는 상처를 입고 용기를 잃고 삶을 놓아버릴 만큼 좌절할 수도 있다는 사실에 새삼 가슴이 철렁했다. 나 역시 편견 때문에 힘든 일을 하고 있으면서 정작 나 자신은 어떤지 돌아보지 않았다. 한 생명을 해할 수도 또 살릴 수도 있는 것이 나의 태도와 언행으로 드러나는 내 생각인 것을.

그리고 생각했다. 세상의 기준에 나를 맞출 것이 아니라 나에 맞춰 세상을 바꿔나가면 되지 않겠느냐고. 내 인생의 운전대를 쥔 사람은 나이고, 천천히 다른 방향으로 간다고 해서 무엇이 문제겠냐고. 오히려 남과 다른 길을 가는 재미를 소소하게 느끼며 살아갈 수 있지 않을까.

그리움에

눈이 멀다

굉장한 미인이었다. 고인의 동생이라고 했다.

"언니랑 연락이 안 됐어요. 벌써 일 년이에요. 그런데 경찰이 전화를 했어요. 언니가 죽었다고."

쉴 새 없이 중얼거리는 동생의 말을 종합해보면, 언니는 심성이나 외모, 직장까지 모든 것이 완벽한 사람이었다. 그런 언니를 가족 모두 사랑했다. 특히 어머니의 사랑과 정성이 지

극했다. 워낙 완벽한 언니라 감히 질투조차 못했다. 자랑스럽고 존경스럽고 든든한 언니였다.

그런 언니가 어느 날 갑자기 사라졌다. 찾지 말라는 메모 한 장 남긴 것이 전부였다. 회사에 찾아가 보니 갑자기 퇴사했다며 오히려 가족들에게 이유를 물었다. 언니가 사라진 후 어머니는 뇌졸중으로 쓰러졌고 여전히 병원 신세를 지고 있었다. 언니가 사라지기 전까지는 부러울 게 없는 가정이었다. 늘 따뜻하고 화목했다.

동생은 끊임없이 말을 이어갔다. 언니가 어떻게 주검이 되어 나타난 건지, 도대체 왜 집을 나갔는지, 이제 어떻게 해야 할지 모르겠다며 울고 또 울었다. 충격을 많이 받은 것 같았다. 직원에게 물을 사오게 해서 마시도록 했다. 얼마간 진정이 되자 동생은 경찰서에 가봐야 한다며 황급히 자리를 떴다.

집 안은 고급스러웠다. 가구며 의류, 모든 것이 고가였다. 그러니 돈 때문은 아닌 듯했다. 지병도 없었다. 신병 비관의 경우 다량의 처방 약이 나오게 마련인데 비타민제 말고는 흔한 감기약 하나 없었다.

고인은 경제적으로 여유롭고 건강한 데다 젊고 아름다웠다. 서랍에서 나온 사진 속의 고인은 여배우처럼 아름다웠다.

굉장한 미인이던 동생과도 비교가 안 될 정도였다. 그런데 그런 사람이 왜?

집을 나가고 연락을 끊어버릴 만큼 가족과 불화했던 것도 아니었다. 오히려 넘치는 사랑을 받았다고 했다.

궁금증은 계속 이어졌다. 청소하다 나온 신용카드 명세표를 보니 최근까지도 이런저런 애견용품을 여럿 구입했다. 정성스레 개를 길렀던 모양이다. 그러나 아무리 둘러봐도 집 안에 개는 보이지 않았다.

그때 할머니 한 분이 집 안으로 들어오셨다.

"쯧쯧. 처자가 엄청 곱던데 아까운 생목숨을 어쩌다가 그랬대?"

"저흰 청소하는 업체라서 잘 모르겠습니다."

"옆집까지 하려면 하루 종일 걸리겠네."

"옆집이오?"

"이 옆에 점집 말이야. 처자가 점쟁이였잖아. 개가 얼마나 짖어대던지 하도 시끄러워서 앞집 사는 사람이 신고하는 바람에 발견됐다더만."

비로소 모든 의문이 풀렸다. 동생에게 전화를 걸어 사정을 설명했다. 오래 지나지 않아 동생이 달려왔다.

"우리 언니가 점집에서 일을 했다고요?"

다시 한 번 설명했지만 도저히 믿을 수가 없다는 표정을 지었다.

"말도 안 돼, 우리 언니가 점쟁이라고요? 하, 지금 가보죠."

함께 옆집으로 향했다. 깃발이 걸려 있었고 한눈에도 점집이라는 걸 알 수 있는 곳이었다. 안으로 들어서자 특유의 향냄새와 함께 개의 체취가 맡아졌다. 개는 이 집에 있을 것이다. 과연 구석에 놓인 작은 개집 안에서 뼈만 앙상한 시추 한 마리가 바들바들 떨며 나를 쳐다보고 있었다. 한쪽 눈이 감겨 있고 눈 아래로 핏자국이 짙었다. 눈을 다친 모양이었다.

그 사이 흐느끼는 소리가 나 돌아보니 동생이 수첩을 든채 어깨를 들썩이고 있었다. 휴지를 찾아 쥐어주곤 수첩을 받아 들어 읽어보았다.

차라리 잘해주지 말지, 엄마 때문에 살 수가 없잖아. 엄마가 나한테 해줬던 모든 것들이 사무치게 그리워서 살 수가 없 잖아. 잘해주지 말지. 왜 아프고 그래. 나 없어도 잘살아야 지. 엄마 없이 나더러 어떻게 살라고.

뇌졸중으로 쓰러져 병상에 있는 어머니 소식을 일 년 만 에 들었던 모양이다. 신내림 받은 사실을 숨기고 사라졌던 것 은 어머니를 위해서였을 것이다. 가족을 위해 난데없이 지워 진 운명을 홀로 감당하려 했다. 하지만 외롭고 무서웠다. 힘 이 드니 어머니의 사랑이 더욱 사무쳤다. 개에게 정성을 쏟고 비싼 물건들을 사들이며 하루하루를 버텼다. 그래도 어머니 가 있는 한 살아갈 수 있었다. 이 세상에 나를 사랑하는 사람 이 있다는 것을 아는 것만으로도 우리는 살아갈 힘을 얻는다.

그러나 어머니를 위한 선택이 도리어 어머니를 병들게 했 다. 고인은 얼마나 자책했을 것인가. 자식이 살인을 해도 그 죄를 대신 뒤집어 써줄 수 있는 것이 부모이다. 어머니가 이 상황을 알았다면 오히려 딸이 받았을 충격을 염려하여 더 깊 이 품어주었을 것이다. 그러나 그 사실을 깨달았을 때는 너무 늦고 말았다. 아니, 결코 늦지 않았지만 돌이킬 수 없다는 생각에 절망했으리라.

많은 생각이 스쳐 지나갔지만 어쨌거나 나는 제3자였다. 당사자가 아닌 한 그 깊은 사정을 어찌 알 수 있으랴.

동생은 여전히 흐느끼고 있었다. 언니가 주검으로 나타난 것만도 감당하기 힘든데 이 모든 일을 초래한 것이 결국 신내림이었다는 사실에 더 큰 충격을 받은 듯했다. 진심으로 위로의 말을 건넸다.

동생은 어머니가 있는 병원으로 떠났다. 어머니는 그토록 사랑하던 딸의 죽음을 알고 있을까. 가슴이 아팠다.

청소가 끝났음을 알리기 위해 동생에게 전화를 걸었다. 수고하셨다며 전화를 끊으려는 동생에게 재빨리 물었다.

"개는 어떻게 할까요?"

알아서 해달라는 짧은 대답이 돌아왔다. 언니가 아끼던 짐승이라지만 개가 안중에 들어올 상황이 아니었다.

고민 끝에 사무실에서 개를 거두기로 했다. 폐기물 처리를 맡기고 돌아오는 길에 동물병원에 들렀다. 진찰을 하고 난 수의사가 말했다.

"안구가 터졌어요. 외상이 없는 걸 보니 외부 충격 때문은 아닌 듯하고. 개들은 오랫동안 짖으면 안압이 올라 안구가 터지는 경우가 종종 생겨요. 일단 치료를 하고 아물면 안구 적출 수술을 받아야 합니다."

적출해야 할 만큼 눈이 상하도록 짖었으니 얼마나 간절하게 주인을 불렀던 것일까. 이 작은 개는 그리움 때문에 눈을 잃었다. 그리고 그리움 때문에 주인은 목숨을 잃고, 그 어머니는 건강을 잃었다.

사람이든 개든, 가장 슬픈 일은 사랑하는 이와 함께하지 못하는 것이다.

4장

고인은 꿋꿋하게 자신의 인생을 살았다.
그러나 아내가 세상을 떠나자
꽃도 돌보지 않았고 자신도 돌보지 않았다.
술로 하루하루를 보내다가 붉은 피를 남기고 쓰러졌다.
청소를 마치고 나오는데
마당의 나무에서 새잎이 조금씩 돋고 있었다.
이제는 아무도 없지만
봄이 오면 꽃이 필 것이다.
사랑에 대한 보답으로, 마당이 다 환하게 피어날 것이다.

생의 마지막에 남는 것

다시 일어나 살아가야만 하는 것이
우리의 삶이라는 것을

삶과 사람을 더 사랑하는 법

개발이 안 된 어느 동네, '다 쓰러져 가는'이라고밖에 표현할 수 없는 집이었다. 다른 음식은 없고 직접 담근 고추장, 된장, 간장, 각종 장아찌들이 썩어가고 있었다. 일단 냄새가 심한 물건들부터 밖으로 날라놓았다.

서랍은 무언가를 싸놓은 비닐봉투로 가득 차 있었다. 꽁꽁 묶여 있어 푸느라고 손가락이 아플 지경이었다. 나중엔 찢어서 열어 보았는데 하나같이 옷이었다. 옷 한 벌 한 벌을 비닐봉투에 싸두었던 것이다. 직원과 둘이서 끝도 없이 비닐봉투를 찢어야 했고 그때마다 가격표가 그대로 달린 새 옷이 나왔다.

한 시간 이상 걸려 비닐을 모두 분류했다. 비닐이라고 다 같은 것이 아니어서 종류별로 분류하지 않으면 폐기물 처리장에서 받아주지 않는다.

양말이며 속옷까지 모든 옷을 비닐봉투에 일일이 싸놓은 이유를 못내 궁금해하고 있을 때, 집주인 아저씨가 왔다.

"이혼하고 애들이랑도 헤어지고 혼자 살았어. 다달이 얼마 받기로 하고 세를 줬는데 한 번도 못 받았지. 몇 푼 안 돼 안 받고 말지 하고 그냥 뒀는데……."

결과적으로 월세를 받지 않은 것이 고인을 반년 넘게 방치한 원인이 되었다. 밀린 월세가 있었다면 한 번쯤 와봤을 테고, 그랬다면 더 일찍 발견할 수 있었을 것이다.

반년이 넘도록 이웃들도 아무도 몰랐다. 과거의 어느 빈한한 시절에 머물러 있는 듯한 그 동네는 하수구며 오물에서 나는 냄새에 둘러싸여 있었다. 새로운 악취가 나도 대수롭지 않게 여길 듯했다. 주인 아저씨의 태도에서도 놀라거나 당황한 기색은 보이지 않았다. 무심하고 심드렁하고, 어떻게 되든 상관없다는 태도가 느껴졌다.

고인은 옷을 만드는 공장에서 일했다고 한다. 그래서 새 옷이 그렇게 많았다. 혼자 살면서 반찬은 사 먹어도 됐을 텐데 각종 장아찌며 간장, 고추장까지 직접 담가 먹고, 공짜로 얻어왔을 새 옷은 아까워서 꽁꽁 싸매놓고 입어보지도 못했다. 결국 모조리 폐기물 처리장으로 가게 될 것을.

너무 많은 현장을 겪어서인가. 이제는 이 일을 처음보다 훨씬 직업적으로 받아들이고 있는 나 자신을 발견한다. 그러나 여전히 변하지 않은 것이 있다. 고인들이 그토록 아껴두었던 것들을 폐기 처분하면서 깨닫는 것은 '죽을 때 지고 갈 것도 아니면서'라는 말에 함축된 의미다. 내가 살아 있지 않은 한 쓸모없어질 것들 때문에 인생을 낭비하지 말자는 생각이다. 그 생각은 여전히 변하지 않았다.

지금은 아까워서 버리지 못하는 물건이 없다. 언젠가 쓸데가 있을 것 같아서, 몇 번 사용하지 않은 새것이라서, 비싸게 산 물건이라서 필요하지도 않은데 끼고 사는 물건들은 삶을 복잡하게 만들 뿐이다. 사랑하고, 쉬고, 꿈을 꾸어야 할 내 집이 너무 많은 물건으로 채워지기를 원치 않는다. 그래서 갖고 싶어 애가 타고, 갖지 못해 속이 상하는 물건도 없다.

생각해보면 우리는 물건을 소유하기 위해 너무 많은 시간과 에너지를 쓴다. 내 집을 마련하고, 좋은 차를 사고, 고급 옷을 구매하기 위해 혹은 명문대에 들어가고, 번듯한 직장을 갖고, 또 내 아이도 그렇게 만들기 위해 너무 많은 것을 희생한다. 물론 열심히 사는 것은 좋은 일이고 원하는 것을 얻기 위해 노력하는 것은 살아 있는 동안 우리가 해야 할 일 가운데 하나다.

그러나 우리는 지고 가지 못하고 남기지도 못한다. 정말로 남는 것은 집이 아니고 학벌이 아니고 돈이 아니다. 우리가 사랑했던 기억이다. 사랑하고 사랑받았던 기억은 오래도록 남아 내가 죽은 뒤에도 세상 한구석을 따뜻하게 덥혀줄 것이다.

나 역시 오랫동안 물질이 중요하다고 여기며 살아왔다. 가진 것이 없는 나는 가치 없는 인간이라고 생각한 적도 있었다. 그 최초의 기억은 열다섯 살 때다. 시험 공부한답시고 친구들과 도서관에 몰려가 열람실에서 쪽지를 주고받고, 소곤거리고, 다른 학교 여학생들 구경도 하는 게 마냥 재미있던 시절이었다.

그곳에서 한 여학생을 만났다. 친구 녀석이 그 여학생 친구와 아는 사이라 우리 네 명은 공부를 핑계로 도서관에서 자주 만났다. 도서관 앞 공원에서 과자 몇 봉지를 나눠 먹으며 이야기를 나누는 게 전부였지만, 그 여학생 때문에 시간이 한없이 이어지기를 바랐다.

좋아하면서 말도 제대로 못 건네는 내가 바보 같았던지, 어느 날 친구가 그 여학생을 집 앞으로 데려왔다. 고백을 하라는 뜻이었지만 고백은커녕 인사도 제대로 못하고 뒤돌아 집으로 뛰어들어왔다.

다 쓰러져 가는 우리 집을 들킨 것이 부끄러웠던 것이다. 집 안으로 들어와 옷장과 벽 사이의 틈에 웅크리고 한참을 멍하니 앉아 있었다. 가난이 창피했고 가진 것이 없어서 슬펐다. 그 여학생에 비해 아무것도 아닌 나 자신에게 화가 났다. 그날 이후 그 여학생을 만나지 않았다.

젊은 날 미친 듯이 일했던 이유가 어쩌면 그날의 기억 때문인지 모른다. 돌이켜보면 그날의 나는 얼마나 어리석었는지. 내 소중한 첫사랑을 가난 때문에 스스로 잃었으니 말이다. 인간다운 삶을 영위하기 위해 돈은 필수 불가결한 것이지만, 그 때문에 훼손당하기에는 사랑이란 너무나 소중하다.

물질에 대한 숭배와 집착을 조금만 내려놓는다면 우리는 더 많이 사랑하고 더 많이 기뻐할 수 있을 것이다. 우리 삶은 훨씬 풍요롭고 행복해질 수 있다.

슬픔을

드러내지 못할 때

몇 년 전부터 범죄 피해를 입은 가족을 돕는 제도가 시행되면서 범죄 피해 현장 청소를 지원하기 시작했다. 우리끼리 '범피'라고 줄여 부르는 범죄 피해 현장은 대부분 살인 현장이고, 현장의 모습은 어떤 일이 일어났는지를 고스란히 말해준다.

물건들은 깨지고 부서진 채 어지러이 널려 있고 벽이며 바닥에는 붉은 손자국과 발자국들이 찍혀 있다. 뽑힌 머리카락이 한 움큼 떨어져 있기도 하다. 피해자는 필사적으로 몸을 피하고 가해자는 도망치는 피해자를 끝까지 쫓는다. 가장 많은 혈흔이 남아 있는 곳은 바로 피해자가 숨을 거둔 곳이다.

'출입 금지 – POLICE LINE – 수사 중'이라고 쓰여 있는 노란 띠를 제거하고 안으로 들어갔다. 곳곳에 지문 채취용 가루가 묻어 있고, 혈흔의 방향에 따라 붙여놓은 테이프들도 보였다. 넋이 나간 얼굴로 서 있는 피해자의 두 자매도 있었다.

사건은 한 남자와의 만남에서 시작되었다. 피해자는 절실한 불교 신자로 자주 찾는 절이 있었다. 이혼한 뒤 딸아이를 키우면서 외롭게 살던 터라 방문할 때마다 따뜻하게 맞아주며 자신의 이야기에 귀를 기울여주는 스님에게 마음이 흔들렸다.

스님도 마찬가지였다. 두 사람의 사이는 급격히 가까워졌고, 그는 여인과 함께 살기 위해 환속을 결심했다. 스님이었던 남자와 신도였던 여자는 그렇게 재혼을 했다. 그리고 행복한 날들이 이어졌다. 그러나 불과 몇 개월 지나지 않아 남자는 절로 돌아가고 싶다고 했다. 자신한테는 속세의 삶이 맞지 않으니 다시 산에 가겠다고. 불심이 깊은 여인은 한때 승려였던 그를 이해했다. 이혼을 해주고 산으로 보내주었다.

다시 한 번 속세를 떠난 남자는 때때로 전화를 걸어왔다. 안부를 묻고 이런저런 이야기를 하다가 돈을 좀 보내달라는 말로 끝나는 전화였다. 큰돈이 아니었기에 처음에는 거절하지 않고 보내주었다. 그런데 요구하는 액수가 점점 늘어났다. 액수가 모자라거나 송금이 늦어지면 득달같이 전화했다. 그래도 요구가 받아들여지지 않으면 집으로 찾아와 폭력을 휘둘렀다.

여인은 여기저기서 돈을 빌려 남자에게 주었다. 그리고 점점 지쳐갔다. 한동안 연락을 피하다가, 또 집에 찾아와 행패를 부릴까 봐 그날은 전화를 받았다. 역시 돈을 요구했다. 여인은 용기를 내어 단호하게 말했다. 돈도 없을뿐더러 이혼한 지 벌써 일 년이다. 이젠 남남이니 돈이 있다 해도 줄 이유가 없다. 더 이상 연락하지 마라. 하나도 틀린 말이 없었다. 그래서일까. 어쩐 일로 남자는 일언반구도 없이 전화를 끊었다.

며칠 뒤, 학교가 파하고 돌아온 딸은 집에 들어서자마자 심상치 않은 일이 벌어졌음을 감지했다. 핏자국이 어지러웠고 엄마는 보이지 않았다.

"엄마, 엄마!"

떨리는 손으로 욕실 문을 열어보았다. 엄마는 욕조 안에 쓰러져 있었다.

형사 말에 의하면, 남자는 젊은 사람도 들기 힘든 육중한 둔기를 세 개나 범행에 사용했다. 여인은 남자를 피해 욕실로 도망쳤지만 더 이상 빠져나갈 수 없이 막다른 곳에 갇힌 셈이었다.

딸의 신고로 엄마는 응급실로 이송되었다. 그러나 여전히 중태이고 회생 가능성이 없다고 했다. 기적적으로 깨어난다 해도 평생 심각한 장애를 안은 채 살아가야 했다.

청소를 위해 욕실로 들어갔다. 욕조의 4분의 1이 선혈로 채워져 있었다. 하얀 욕조에 대비되는 그 빛이 비현실적으로 느껴졌다. 이 처참한 광경 앞에서 딸은 얼마나 놀라고 무섭고 슬펐을까.

하수구로 피를 흘려보내면 안 되기에 스펀지로 닦아내고 병원성 폐기물 박스에 담았다. 닦아내고 또 닦아내도 쉽사리 없어지지 않았지만, 마침내 끝이 보였다. 혈흔을 모두 제거한 다음 약품으로 구석구석 세정을 했다. 그렇게 욕실 청소가 마무리될 무렵 중학생으로 보이는 여자아이가 집 안으로 들어왔다. 딸이었다.

앞으로 큰이모와 함께 살게 되어 짐을 가지러 왔다고 말하는 아이의 얼굴은 무표정했다. 직원이 상황을 설명하고 있는 중에도 간간이 대답만 할 뿐 덤덤한 태도였다.

아이는 짐을 챙기기 시작했다. 한 시간쯤 흘렀을까. 박스를 좀 구해와야겠다며 이모가 밖으로 나갔고, 아이는 방에 혼자 남았다. 방에서는 아무 소리도 들리지 않았다. 청소하는 우리의 움직임이 내는 미미한 소리뿐, 집 안은 물속처럼 고요했다.

너무 조용한 게 이상해서 방으로 다가갔다. 반쯤 열린 문 사이로 안을 들여다보니 아이의 뒷모습이 보였다. 아이는 허리를 접은 채 엄마의 옷가지 속에 얼굴을 파묻고 있었다.

'울고 있었구나.'

아이도 알 것이다. 머지않아 엄마의 위태로운 생명은 사그라지리라는 걸, 이 집에서 엄마와 함께 살지 못하리라는 걸, 사건이 일어나기 전의 평범한 삶으로 다시는 돌아갈 수 없다는 그 모든 것을. 아이는 엄마를 잃었고 열다섯의 삶을 잃었다. 대신 지워지지 않을 끔찍한 기억을 얻었고 '아빠'라고 부르던 사람으로 인해 인간에 대한 불신과 절망을 얻었다.

아이의 어깨가 계속 들썩였다. 그러나 여전히 조용했다. 문득 분노가 치밀었다. 저 어린아이가 드러내지는 못한 채 슬픔을 삼키고 고통을 삭이고 있었다. 사람이라고는 할 수 없는 한 남자 때문에 기쁨과 희망에 차야 할 열다섯 아이의 인생이 갈가리 찢겨나가고 있었다.

그 무엇이 위로가 될 수 있으랴만 차라리 소리 내어 운다면 손수건이라도 건넬 수 있었을 것이다. 그러나 우는 걸 들키고 싶어 하지 않는 아이에게 섣불리 다가갈 수 없었다. 엄마에 대한 마지막 희망 때문일까. 소리 내어 울면 정말로 혼자가 되어버릴 것 같은 두려움이 아이를 숨죽이고 울게 하는 것일까.

꽤 긴 시간, 아이는 혼자 울었다. 이모가 돌아와 박스를 전해주자 비로소 울음을 그치고 언제 울었냐는 듯 덤덤한 표정이 되었다. 묵묵히 짐을 다시 챙겼다.

아이는 앞으로 얼마나 많은 날을 혼자 울어야 할까. 언제까지 그 슬픔과 고통을 숨죽여 삼켜야 할까. 그날만 생각하면 엄마 옷에 얼굴을 묻고 울던 아이의 모습이 떠올라 아직도 가슴이 아프다.

그러나 또한 우리는 알고 있다. 감당할 수 없는 고난이 와도 다시 일어나 살아가야만 하는 것이 우리의 삶이란 것을.

누가 진짜

가족일까

대개의 집주인들은 세입자의 죽음 앞에서 피해자처럼 행동한다. '왜 하필 내 집에서'가 집주인들의 생각이고, 집을 청소해야 하는 일이며 주변에 소문이 나서 다음 세입자를 받기도 어렵게 된 것을 푸념한다. 그런데 그분은 마치 자신의 잘못인양 어쩔 줄 몰라 했다.

"정정하셨는데, 이렇게 갑자기 돌아가실 줄 몰랐어요."

워낙 형편이 딱한 분이어서 약간의 월세를 받고 반지하 단칸방을 내어준 지가 꽤 오래전이라고 했다. 돌아가신 할머니는 출가한 자식들과 연락이 끊긴 상태였고, 기초 생활 보조금과 고물을 모아 파는 돈으로 근근이 생활하셨다고. 한 달에 한 번 고물상 차가 와서 수거해 가기 전까지 집에는 폐지가 잔뜩 쌓여 있어서 늘 냄새가 났기에 돌아가셨으리라고는 상상도 못했다며, 주인 아주머니는 죄지은 사람처럼 고개를 숙였다.

환절기에 홀몸 노인의 돌연사는 흔한 일이다. 너무 흔해 뉴스에도 나오지 않는다. 환절기가 되면 건강했던 사람들도 면역력이 급격히 떨어져 쉽게 감기에 걸린다. 젊은 사람들에게는 문제가 되지 않지만 쇠약해진 노인들에게는 갑작스럽게 죽음을 맞이하는 원인이 되기도 한다.

세균이 득실거리는 쓰레기를 모아다가 집 안에까지 쌓아놓고 사셨으니 비위생적인 주거 환경도 한몫했을 것이다. 홀로 지내며 식사는 대충 해결하셨을 테고 그래서 영양 상태도 좋지 않았을 것이다. 게다가 아프면 병원에 모시고 갈 가족도 없었다.

"안에 들어가 보지도 못했어요. 그런데 할머니가 커다란 개를 한 마리 키우셨어요. 그 개는 어떻게 됐는지 잘 모르겠네요."

"제가 보고 오지요."

문 앞에 쌓아놓은 것만 해도 엄청난데 집 안에도 폐지가 가득했다. 볕이 들지 않아 어두웠고, 걸음을 옮길 때마다 파리 번데기들이 바스락거리며 밟혔다. 스위치를 찾아 전등을 켰다. 방 안이 환해지자, 이부자리 위에 무언가 생경한 것이 놓여 있는 게 눈에 들어왔다.

가까이 가보았다. 커다란 개였다. 흰색 털을 가졌고, 죽은 지 일주일쯤 지난 듯했다.

장례지도사로 일하면서 수많은 사체를 보았고, 동물 사체 처리도 하고 있는 터라 죽은 고양이며 쥐를 여럿 보았지만 이토록 커다란 개가 부패한 모습은 처음이었다. 비위가 상했다. 얼른 밖으로 나와 주인 아주머니에게 상황을 알렸다. 하루 만에 작업을 마무리하기는 어려울 것 같다고도 덧붙였다.

아주머니는 잘 부탁드린다며 어두운 표정인 채로 자신의 집으로 들어가고, 나는 약품과 도구를 챙겨 직원들과 함께 다시 집 안으로 들어갔다. 병원성 폐기물 박스에 개의 사체를 담는데, 그 옆에 흔적 하나가 더 보였다. 왜소한 형체였다. 할머니의 흔적이었다.

예전에 어느 고독사 현장에 갔을 때 겪은 일이다. 주인은 죽고, 홀로 남아 있던 개의 주둥이가 시뻘겠다. 굶주림을 이기지 못해 주인을 먹이로 삼으며 살아남았던 것이다.

살아남는 것은 모든 생명체에게 가장 중요한 과제다. 그 개는 짐승의 본능에 따랐을 뿐이었다. 생존의 본능대로 행동하는 것이 동물인데 개를 나무랄 수 있겠는가. 그러나 이 커다란 개는 살아남지 못했다. 이십여 일을 굶주림에 시달리다가 주인 옆에서 숨을 거두었다. 주인에 대한 의리가 짐승의 본능을 이긴 것이다.

충견이기 때문이라기보다는 가족이기 때문이었을 것이다. 자식들은 할머니를 버렸지만 개는 끝까지 할머니를 지켰다.

예삐라는 이름의 반려견을 키웠던 지인이 있다. 개를 산책시키기 위해 친구 모임도 마다하고 일이 끝나면 바로 귀가할 만큼 애지중지하며 십삼 년을 키웠다. 나이가 들면서 급격히 쇠약해진 예삐를 지인은 동물병원에 입원시켰다. 그러나 당직 직원이 없던 병원은 밤사이 예삐를 돌봐주지 못했고 결국 그날 밤 죽고 말았다. 병원에서는 자신들의 과실을 인정하고 보상하겠다고 했지만, 자식 목숨 값을 받는 부모가 어디 있느냐며 지인과 가족들은 거절했다. 그들에게 예삐는 막내딸이었고, 막냇동생이었다. 한 치도 의심 없이 가족이었다.

집에서 동물을 키우는 이들이 점점 늘어나고 있다. 특히 혼자 사는 이들에게 반려동물은 그 이름처럼 함께하는 친구이자 둘도 없는 가족이다. 그런데 한낱 동물일 뿐인 그들은 어떻게 인간의 친구이자 가족이 되었을까?

우리가 일하면서 받는 스트레스, 살아가면서 받는 상처는 대개가 사람으로 인한 것이다. 오해받고, 비교당하고, 무시받고, 따돌림당하고, 이용당하고, 배신당한다. 친구라 믿었던 이가 뒤에서 나를 공격하고, 영원한 사랑을 맹세했던 이가 더 좋은 조건의 사람을 찾아 떠나간다. 각박해진 세상에는 이유 없는 친절이 없고 목적 없는 접근이 없다. 미소 띤 선한 얼굴을 그대로 믿어서는 안 되는 세상이 우리가 사는 현실이다. 살아가는 동안 우리는 수없이 많은 사람을 만나고 그만큼 많은 상처를 받는다.

하지만 반려동물은 상처를 주지 않는다. 겉과 속이 다르지 않고, 배신하지 않으며, 떠나가지 않는다. 한없이 믿어주고, 조건 없이 사랑해주며, 한결같이 곁을 지켜준다. 내 진심을 오해하지도 이용하지도 않는다. 그래서 우리는 반려동물을 키우며 크나큰 위로를 받는다.

고독사 현장에 홀로 남겨진 개들을 많이 보았다. 말 못하는 그들이야말로 끝까지 고인과 함께한 진정한 가족이었다.

짐
지
우
지
않
는

사
랑

"육 년 전에 엄마가 돌아가시고 아버지 혼자 사셨어요. 저는
남편 회사 때문에 지방에 내려가 사느라 명절 때나 찾아뵙
고…… 당뇨 합병증으로 시력도 계속 떨어지고 신장 기능도
나빠져서 이틀에 한 번씩 투석을 받으셨어요. 그렇게 당뇨가
심하셨는데 딸이라고 하나 있는 게 사는 데만 바빠서……."

딸은 죄책감에 눈물을 쏟았다.

"전화만 자주 드렸는데 가겠다고 해도 늘 오지 말라고 하셨어요. 애들 키우느라 힘든데 뭘 자꾸 오냐고, 시끄럽고 정신없어서 와도 싫다고 하시면서……."

고인이라고 외동딸과 손자들이 왜 보고 싶지 않았을까. 그러나 자식을 보고 싶은 마음보다는 자식이 힘들까 봐 걱정하는 마음이 앞서는 게 부모이다.

딸은 계속 울었다. 전화를 하면 늘 바로 받던 아버지가 전화를 받지 않아 이상한 생각이 들었지만 병원에서 투석받느라 못 받으시는 거겠거니 하고 편하게 생각했다. 그러나 다음 날에도 그다음 날에도 전화를 받지 않으셨다. 덜컥 겁이 나 황급히 찾아왔을 때 아버지는 이미 돌아가신 뒤였다.

"몸이 안 좋으면 119든 나한테든 전화를 하시지. 얼마나 고통스럽고 무섭고 외로우셨을까요."

딸의 흐느낌은 계속되었다. 그때 딸의 휴대전화가 울렸다.

"조심해서 와, 응, 어머님께 봐달라고 부탁드렸어."

남편인 듯했다. 아이들은 시부모에게 맡기고 온 모양이었다. 통화를 끝낸 딸은 잠깐 다녀올 곳이 있다며 집을 나갔다.

집 안 정리를 시작했다. 처방약들이 박스로 하나 가득이었다. 구급차라도 부르시지, 하던 딸의 말이 생각났다. 우리 어머니, 아버지들은 구급차 불러 병원에 가면 병원비가 수천만 원이라도 나오는 줄 안다. 아프면 병원에 가는 것이 당연한데 이 정도로 무슨 병원이냐며 혼자 끙끙 앓는다.

그깟 병원비 좀 나오면 어떤가. 자식 낳아서 여태 먹여주고 입혀주고 가르쳤는데 말년에 짐 좀 되면 어떤가. 그러나 부모란 끝까지 주기만 하고 받을 줄은 모르는 사람들이다.

그런 부모가 또 한 사람 있었다. 고인이 살았던 곳은 열 평 남짓한 작은 아파트. 한여름이라 악취가 심했지만 깨끗하게 정돈된 집이었다.

연막 소독을 하고 물건들을 분류해 박스에 담기 시작했다. 병원 처방 약이 많은 걸 보니 병을 앓다 사망한 모양이었다. 사진 앨범과 액자도 많았다. 모두 여자아이 사진이었다. 사진 속에는 아이의 성장 과정이 모두 담겨 있었다. 대여섯 살짜리 아이가 초등학생이 되고, 중학생이 되고, 고등학교를 졸업하고, 스무 살이 넘은 예쁜 아가씨가 되어 있었다. 고인의 딸일 것이다.

사진 속의 아이는 혼자였다. 엄마와 찍은 사진도 아빠와 찍은 사진도 없었다. 아마 이혼을 했거나 사별을 해서, 딸이 어릴 때부터 아버지가 홀로 키웠을 것이다. 찍어줄 사람이 없으니 아이와 함께 사진을 찍지 못했으리라.

구석에 놓인 작은 상자를 열어보았다. 편지가 가득 들어 있었다. 모두 딸이 쓴 편지였다. 실례인 줄 알지만 그 가운데 한 통을 읽어보았다. 아버지의 안부를 묻고, 건강을 염려하고, 아버지가 끓여준 김치찌개가 먹고 싶다는 내용이었다.

아빠가 잘 익은 김치로 끓여주시던 김치찌개가 너무 먹고 싶어요. 여기서 산 김치로는 아무리 끓여도 한국에서 먹었던 김치찌개 맛이 안 나. 아, 한국 우리 집에 가고 싶다. 아빠가 너무너무 보고 싶어요.

그런데 이상했다. 아버지는 지병으로 시한부의 삶을 사는 것이나 마찬가지였다. 그러나 편지에는 의례적인 건강상의 안부 인사 정도만 있었다. 아버지는 타국에 있는 딸이 걱정할까 봐 자신의 병을 숨겼던 것이다.

우리에게 청소를 의뢰했던 지인은 발견 당시 고인이 휴대 전화를 쥐고 있었다고 했다. 현장을 감식했던 경찰에게 물어 보았다. 죽기 전에 연락한 곳이 있느냐고. 혹시 국제 전화 통화 내역이 없느냐고. 없다고 하며 오히려 경찰이 되물었다.

"신원 조회를 해보니 딸이 있던데 함께 사는 게 아니었습니까?"

심지어 휴대전화에는 딸의 전화번호조차 저장되어 있지 않았다. 고인이 전화를 찾아들었던 것은 딸에게 알리기 위해서가 아니라 119에 도움을 요청하기 위해서였을 것이다. 뒤늦게 아버지의 죽음을 알게 될 딸은 얼마나 황망할 것인가.

나이 들고 병도 들어 딸에게 도움은커녕 짐만 될까 봐, 아버지는 딸이 아예 자신을 잊어주기를 바랐던 것일까. 하루에도 몇 번씩 사진 액자 속의 딸을 보며 그리움을 달래면서도 말이다.

왜 아버지들은 모든 것을 홀로 책임지려고만 드는 것일까. 자신의 짐을 조금은 자식에게 나눠 지워도 될 것을. 짐을 나누어 지지 못하고 임종도 지키기 못한 자식에게 죄책감을 남기면서까지 말이다.

자식이기도 하고 부모이기도 한 나로서는 어느 입장에서 생각해도 속이 상했다. 그러나 한 가지는 안다. 시간이 지날수록 슬픔과 죄책감은 희미해지겠지만 부모에게서 받은 그 사랑은 희미해지지 않는다는 것을. 그 사랑은 사라지지 않고 남아 나의 자식에게로 또 그 자식에게로 이어지리라는 것을.

봄이 오면

꽃이 피듯이

집들이 띄엄띄엄 서 있고 길이 널찍한 주택가라 반가웠다. 주택이 밀집한 곳에서는 트럭을 주차하기가 거의 불가능하니까. 차 한 대 들어오면 빼주고 또 한 대 들어오면 빼주고를 반복해야 한다. 스물네 번까지 차를 뺀 적도 있다.

집 앞에 차도 댈 수 있고 일층이어서 캐리어에 박스를 서너 개씩 실어 옮길 수 있었다. 오늘 작업은 순조로울 듯했다.

싣고 간 약품과 장비를 마당에 내리는데 할아버지 한 분이 다가오셨다.

"옆집 사는데 이상한 냄새가 나서 들어가 봤더니…… 아이고, 얼마나 놀랐는지 그날만 생각하면 아직도 심장이 벌렁벌렁해."

고인을 처음 발견한 분이었다.

"이 양반 아버지가 인천을 개척한 5대 인물 중 하나였어. 대단한 사람이었지. 인천에서 그 어른 모르면 간첩이거든. 그 명예가 국회의원 저리 가라 할 정도였어."

처음 듣는 이야기였다.

"혼자 사셨나 봐요."
"후레자식들, 애비가 죽었다는데 와보지도 않잖아. 경찰이 벌써 다 연락했을 텐데."

하긴 현관 비밀번호만 알려주고 아무도 오지 않았다.

"자식새끼들 다 키워놔 봐야 소용 하나도 없다니까. 할애비 재산은 다 나눠 갖고 애비는 나 몰라라 하고. 이 노인네도 불쌍하지. 사업하다가 쫄딱 말아먹고 자식들한테 쫓겨나서는 이 집에 와서 살았어. 금실 좋던 마누라랑은 사별하고. 경찰 말로는 피를 토한 것 같다는데 저기 좀 봐봐, 술병이 몇백 개는 되잖아. 끼니 챙겨줄 사람도 없으니 술만 마시다가 몸이 상한 게지."

현관으로 올라가는 계단 옆에 정말 수백 개의 술병이 뒹굴고 있었다. 안방에도 술병이 가득했다. 바닥에 떨어진 휴지며 수건들은 피로 물들어 있었다. 각혈이 심했던 모양이다.

벽에는 액자 속 빛바랜 사진들이 촘촘히 걸려 있었다. 유명 인사와 악수하는 사진, 가슴에 꽃을 달고 테이프 커팅식을 하는 사진, 행사에 초청되어 찍은 사진 등이었다. 고인의 아버지인 듯했다. 체격이 다부지고 날카로운 인상이었다.

색이 바래지 않은 사진도 있었다. 고인의 생전 가족사진인 듯했다. 슬하에 2남 1녀를 두었고, 선친과는 달리 선이 고운 얼굴이었다. 체격도 왜소한 편이었다.

'다 버리라고 했으니 액자들도 버려야겠지.'

사진들을 버릴 때면 이상하게 마음이 불편하다. 사람을 버리는 듯한 느낌이랄까. 액자를 분리해 박스에 넣는데 아까 만났던 할아버지가 헛기침을 하며 들어왔다.

"고된 일을 하느라 힘드시겠소. 이거라도 좀 마시고들 하시게."

피로 회복제였다. 마침 목이 마르던 참이라 달게 마셨다.

"고맙습니다."

"이런 일 하면 시체도 보고 그러는가?"

"아닙니다. 경찰들이 수습하고 난 뒤에 청소만 하는 거라서요."

"아, 그렇구먼. 이 노인네가 꽃을 엄청 좋아했어. 사업도 화훼농장인가 그런 걸 했는데, 뭐든 키우는 게 쉬운가. 병충해가 와 가지고 쫄딱 망했다고 하더라고. 재산 다 까먹고, 늙은 부모 짐 될까 봐 자식새끼들이 이리 데려다놨지. 근데 참 희한한 게 봄만 되면 이 집 꽃들이 활짝활짝 잘도 피더라고. 보살펴주는 사람도 없는데 심어줬다고 곧잘 펴. 마당이 다 환했다니까. 꽃이 사람보다 낫지. 자식들은 애비도 나 몰라라, 죽어나가도 모르는데 말이야."

"그랬군요."

"대단한 집 외아들로 태어나 부족함 없이 자랐는데도 겸
손하고 착한 사람이었어. 의대를 가야 하느니 법대를 가야
하느니 어릴 때부터 주변의 기대도 컸는데 대학도 일부러 안
갔지. 꽃 키우면서 살고 싶다고. 그놈의 망할 자식들이 문제
지. 대가리에 피도 마르기 전에 너도나도 사업한답시고 재산
은 다 받아가고 지들 애비도 부추겼지. 근데 워낙 욕심이 없
는 사람이라 마누라랑 둘이 꽃이나 가꾸며 살았거든."

할아버지는 잠시 말을 멈추고 마당을 바라보았다.

"사는 게 뭔지. 아이고, 참······."

마당에 가득한 나무들은 모두 꽃나무였다.

대단한 집 자식, 그것도 외아들로 태어나 어렸을 때부터
집안의 기대가 컸을 것이다. 어딜 가나 '인천을 개척한 사람
의 아들'이라는 꼬리표가 따라다녔을 것이다. 안에서나 밖에
서나 아버지의 이름으로부터 자유롭지 못했을 것이다.

그러나 고인은 욕심 없이 소박한 사람이었다. 대학도 가지 않았다. 사랑하는 여자를 만나자 덜컥 결혼을 하고 평범한 삶을 살았다. 그런데 자식들이 태어나고 자라면서 그에게 기대를 하기 시작했다. 재산도 많고 이름도 날렸던 할아버지처럼 아버지도 대단한 사람이기를 바랐다. 유산이 그렇게 많은데 사업을 크게 하라고 부추겼다. 그 유산을 믿고 자신들도 사업을 하겠다고 나섰다.

그렇게 물려받은 재산을 다 퍼주고 화훼농장도 실패했지만 그는 사랑하는 아내와 꽃만 있으면 행복했다. 주어진 삶에 만족했고 즐길 줄 알았다. 자식들은 그런 아버지를 이해하지 못했다. 옛날, 아버지에 훨씬 못 미치는 그를 주변에서 이해하지 못했듯이.

자신이 그렇게 해서 성공했기 때문에, 성공한 부모일수록 자식에게 자신의 방식을 강요하기 쉽다. 또 얼마든지 지원하고 뒷바라지할 수 있으니, 있는 집일수록 자식에 대한 기대치가 높다. 부모가 대단한 사람이면 그 자식에 대한 주변의 관심과 기대도 크다. 그러나 자식의 인생은 자식의 것, 아버지의 인생은 아버지의 것이다.

고인은 꿋꿋하게 자신의 인생을 살았다. 그러나 아내가 세상을 떠나자 상심한 나머지 꽃도 돌보지 않았고 자신도 돌보지 않았다. 술로 하루하루를 보내다가 붉은 피를 남기고 쓰러졌다.

청소를 마치고 나오는데 마당의 나무들에 조금씩 새잎이 돋고 있었다. 이제는 아무도 없지만 그래도 봄이 오면 꽃이 필 것이다. 사랑에 대한 보답으로, 마당이 다 환하게 피어날 것이다.

나는 두 마리의 개를 키웠다. 한 마리는 사무실에서, 다른 한 마리는 집에서 길렀다. 직원들의 극진한 사랑으로 하루 두 번씩 산책하며 행복한 나날을 보내고 있는 개의 이름은 송이. 오지 않는 주인을 안구가 터지도록 부르다가 발견된 녀석이다. 오랫동안 굶어 뼈만 앙상하던 녀석이 지금은 토실토실 살이 쪄서 맞는 옷이 없을 정도다.

다른 한 마리는 초코다. 역시 현장에서 발견되었다. 고독사 현장에 도착했을 때, 무언가 작고 까만 것이 후다닥 싱크대 밑으로 숨어들었다. 반지하라 낮인데도 어두워서 불을 켜고 싱크대 밑을 보았다. 손바닥만 한 작은 강아지가 겁에 질려 떨고 있었다.

한 달 넘게 방치되어 있던 현장이니 몇 주는 굶었을 텐데 저렇게 작은 생명이 살아 있다는 것이 신기했다. 싱크대 밑으로 조심스럽게 손을 넣었다. 발버둥칠 힘도, 물 힘도 남아 있지 않은지 순순히 손에 잡혀주었다. '티컵 강아지'라 불리는 미니핀이었고 숨만 간신히 붙어 있었다.

이빨을 살펴보니 다 큰 개였다. 성견이 어찌 이리 작을 수 있는지. 오랫동안 굶주린 상태라 더 작았을 것이다. 우선 무언가 먹여야 했다. 사료가 있었지만 사체가 한 달간 방치되어 있던 곳에 있는 사료를 먹일 수는 없었다. 감염성 바이러스 때문에 이렇게 작은 강아지라면 죽을지도 몰랐다.

직원이 우유를 사러 나가는데 집주인이 들어왔다.

"아휴, 냄새."

연신 기침을 하며 입을 틀어막고 얼굴을 찌푸렸다. 무슨 말인가를 하는데 입을 막고 있어서 알아들을 수가 없었다. 불

평을 늘어놓는다는 것만 느낌으로 알 수 있었다. 하지만 돌연
사는 고인의 잘못이 아니었다.

고인은 인력 사무실에 다니며 하루하루 먹고 사는 사람이
었다고 했다. 그래도 집세 한 번 밀린 적이 없고 혼자 사는 남
자치고 집도 깔끔하게 해놓고 살았다. 몇 달 전에는 개 한 마
리를 데려와 지극정성으로 키웠다. 일하고 오면 옷도 갈아입
지 않고 개를 산책시키기 위해 다시 집을 나섰다.

인력 사무실에 다녔다면 건설 현장에서 막노동을 했을 것
이다. 하루 종일 일하고 들어와 피곤할 텐데 개는 하루도 빠
짐없이 산책을 시켰다.

"개는 어떻게 할까요?"
"종량제 봉투에 넣어서 버려. 어차피 다 죽어가는데 봉투
에 넣어서 묶어놓으면 죽겠지."

순간 내 귀를 의심했다.

"죽어가는 거지 죽은 건 아닌데 어떻게 그럽니까?"
"그럼 그걸 누가 키워? 주인도 죽었으니 키우던 개도 죽

떠난 후에 남겨진 것들
220

는 거지."

"전 못해요."

"아니 죽은 사람 집 청소하러 다니는 사람이 그런 것도 못 해? 못 하겠으면 밖에 내다 버리든지, 아님 직접 데려다 키우든지."

고인에게는 소중한 가족이었지만 남에게는 버려도 되는 물건이나 마찬가지였다.

깨끗이 씻겨서 당분간 잘 먹이면 다시 누구에게나 사랑받을 예쁜 개였다. 하지만 집에 데려가면 아내가 받아줄지 의문이었다. 사무실에도 이미 송이가 있었다.

일단 우유부터 먹였다. 종이컵을 잘라 담아주었더니 녀석은 잠깐 두리번거리며 눈치를 보다 냄새를 맡고는 허겁지겁 먹기 시작했다. 다 먹고도 종이컵을 계속 핥아대기에 조금 더 따라주었다. 역시 종이컵이 금세 비워졌다. 위에 부담이 갈 것 같아 아쉬워하는 까만 눈을 못 본 체하고 종이컵을 치웠다. 상자에 담요를 깔고 그 안에 넣어주었더니 그 자리에 그대로 엎드려 얌전히 있었다. 청소를 하는 내내 계속 상자 쪽으로 시선이 갔다.

'저 녀석을 대체 어떻게 하나?'

결국 사무실로 개를 데려오고 말았다. 너무 더러워서 일단 씻기고 나서 생각해 보기로 했다. 얼마나 작은지 한 손으로 들고 씻길 수 있었다. 비누칠하고 헹구기를 세 번 하고 났더니 아주 깨끗해졌다. 추워서 바들거리는 녀석을 수건에 감싸 품에 안고 있으려니 무슨 욕을 먹더라도 집에 데려가야겠다는 생각이 들었다.

심장이 쿵쾅거렸다. 아내와 딸이 어떤 반응을 보일까? 딸아이는 길에서 개를 볼 때마다 한 번씩 꼭 만져볼 만큼 개를 좋아하지만…… 아내가 걱정이었다.

"우와, 우와, 강아지다!"

집에 도착해 상자를 열자 딸아이는 신이 나서 펄쩍펄쩍 뛰었다. 아내는 어디서 가져왔냐는 눈빛이었다.

"오늘 청소한 집에서 가져왔어. 애도 좋아할 것 같고, 작고 예뻐서 데려왔어."

순간 아내 얼굴에 짜증이 지나갔지만 딸아이가 워낙 좋아하는 터라 어쩔 수 없다는 표정이었다. 딸아이는 개가 오랫동안 굶어서 아프다는 말에 손가락 끝으로 등을 정말 살살 쓰다듬었다. 그런 아이의 모습을 보며 아내도 나도 웃었다. 이 작은 개 한 마리 덕분에 오랜만에 온 가족이 함께 웃었다.

일하고 들어오면 언제나 욕실로 직행이었다. 딸아이 한 번 안아보려면 얼른 씻어야 했고 씻고 나오면 아이는 잠들어 있었다. 매번 자는 아이를 살짝 안아보고는 잠이 들었다. 그런데 이 작은 개 덕분에 욕실로 직행하지 않고 거실에 모여 앉아 이야기를 할 수 있었고 같이 웃을 수 있었다.

잠잘 시간도 잊고 딸아이는 개를 들여다보았다.

"우리 집에서 살 거야?"

"그럼."

"나 자고 일어나도 우리 집에 있을 거지?"

딸아이는 개가 우리와 함께 살 거라는 확답을 받아내고서야 안심하고 잠이 들었다.

다음 날 동물병원에 데리고 가니 심각한 영양실조에 너무

작아 심장도 약하다고 했다. 아니나 다를까, 그 뒤로 심장발
작을 일으켜 두 번의 수술을 받아야 했다.

초콜릿처럼 까맣다고 딸아이가 이름 지어준 '초코'는 그
렇게 우리 가족이 되었다. 딸아이에게 초코는 동생이나 다름
없었고 그러니 우리 부부에게도 자식이나 다름없었다. 초코
가 온 후로 우리 가족은 전보다 많이 웃었다.

초코는 사 년 동안 우리와 함께 살다 갔다. 초코처럼 개량
된 티컵 강아지는 수명이 짧다고 했다. 초코가 죽고도 꽤 오
랫동안 딸아이는 몹시 힘들어 했다.

초코는 죽은 주인 옆에서 어렵게 살아남았다. 그리고 우리
가족이 되었다. 초코의 선택은 아니었다. 처음 고인의 집에
왔을 때도, 우리 집에 왔을 때도. 하지만 초코는 전 주인과 우
리에게 많은 사랑을 주었다. 이것만은 초코의 선택이었을 것
이다.

아무도 슬퍼하지 않는 죽음

집주인의 연락을 받고 찾아간 곳은 툭 건드리면 금방이라도 쓰러질 듯한 판잣집이었다. 서울에 아직도 이런 집이 있다니 믿어지지가 않았다. 비가 오면 물이 새고 눈이 오면 무게를 못 이겨 무너져 내릴 것만 같은 지붕에, 벽지 대신 신문지가 덕지덕지 발라져 있는 벽은 곳곳에 금이 가 있었다. 청소가 아니라 철거를 해야 옳았다. 이런 집을 왜 돈 들여 청소하려 는지 이해할 수 없었다. 낡고 허름한 것이 문제가 아니라 몹 시 위험해 보였다.

그러나 의뢰받은 일인 이상 완벽하게 처리해야 했다. 위태위태한 마음으로 집 안에 들어가 청소를 시작했다. 곳곳이 거미줄투성이에 물건들도 성한 것이 하나 없었다. 녹슨 수저와 그릇들이며 한쪽 벽에는 본래의 색이 무엇인지 알 길이 없는 옷가지들이 걸려 있었다.

전기밥솥은 스위치를 내리면 취사, 올라가면 보온이 되는 아날로그 방식의 옛날 제품이었다. 텔레비전도 'GOLD STAR', 금성전자의 브라운관 TV였다. 금성전자가 LG전자로 이름을 바꾼 것이 아마도 1995년이니 최소한 이십 년 전 물건이었다. 그리고 그게 끝이었다. 비누 같은 생필품 하나 없고, 아무리 형편이 어려운 집에도 있게 마련인 라면 한 봉지 보이지 않았다.

문득 먹먹해졌다. 고인은 무엇을 먹으며 어떻게 살았던 것일까.

워낙 물건이 없어 청소는 오래 걸리지 않았다. 제거해야 할 벽지도 없었다. 장판을 걷어내고 있는데 집주인이 다시 찾아왔다. 유품만 꺼내고 마무리하라고 했다. 얼마 되지 않는 짐이어도 허리가 안 좋아 직접 할 수가 없었다면서.

"에휴, 불쌍한 노인네."

경찰이 수소문해서 고인의 동생을 찾았는데 시신 인수를 거부했다는 것이다. 동생도 형편이 어려운 처지라 장례 치를 돈을 마련할 수 없었기 때문이었다.

장례지도사로 일할 때도 겪어본 일이었다. 무연고자인 줄로만 알았으나 유가족을 찾게 되어 연락을 취하면 가족들은 시신 인수를 거부한다. 인수를 거부당한 시신은 의학 해부용으로 쓰이거나 화장된다. 고인도 같은 경로를 거칠 것이다.

끝내 가족을 찾을 수 없는 경우도 적지 않다. 대부분 주민 등록이 말소된 경우다. 성명이 정확하지 않은 경우도 있다. 옛날 분들, 특히 나이 많은 할머니들은 자신의 이름조차 정확히 모르고 출생 신고도 제대로 안 되어 있는 경우가 흔했다.

형편이 어려워 병원에 못 가고, 갈 수 있어도 병원비가 아까워 가지 않는다. 가지 않을 수 없을 때는 건강 보험증을 빌려서 간다. 월세는 공과금을 포함해 주인에게 직접 주기 때문에 은행에 갈 일도 없다. 주민 등록이 되어 있지 않으니 기초 생활 수급 대상에서도 돌봄 서비스 대상에서도 제외된다. 존재하되 존재하지 않는 사람이다.

그러나 돈이 있으면 쉽게 가족을 찾는다. 없던 연고도 생긴다. 예전에 한 현장에서 들었다. 고인이 생전에 보험을 들어놓았는데, 경찰이 수소문해도 나오지 않던 연고자가 직접 찾아와 보험금을 수령해 갔다.

홀몸 노인뿐 아니라 노숙인들도 마찬가지다. 주민 등록이 말소되어 있고, 그의 이름을 아는 사람이 없다. 신원 미상이니 가족을 찾을 수 없고 그렇게 무연고자가 된다. 연고자가 나타날 때까지 안치할 곳이 부족하니 바로 화장된다.

아무도 거두지 않는 죽음이었다. 믿을 수 없을 만큼 빈한한 삶이었고 지울 흔적조차 없는 쓸쓸한 죽음이었다. 삶도 죽음도 본질적으로 외로운 것이겠으나 친밀한 관계들에서 얻는 힘으로 우리는 포기하지 않고 끝까지 세상을 살아나간다. 곁을 지키는 가족들의 사랑으로 죽음의 두려움을 이겨내고 마지막 순간을 평온하게 맞을 수 있다. 아무도 없이 홀로 맞는 죽음, 아무도 거두지 않는 죽음은 그래서 가슴 아프다.

같은 하늘 아래 살고 있어도 우리가 모르는 세상이 있다. 언젠가 노숙인이나 홀몸 노인 등 무연고자 시신이 해부용으로 쓰인다는 기사에 달린 댓글들을 읽어본 적이 있다. 어떻게 고인으로부터 미리 받아놓은 동의도 없이 마음대로 해부할 수 있느냐부터 국가의 무서운 악행이라는 내용까지 다양한 의견들이 있었다.

그러나 고독사 문제에 관심을 갖고 해결책을 모색하려는 글은 없었다. 무연고자의 의미를 정확히 알고 쓴 글도 없었다.

연고자가 없는 사람. 가능한 말인가? 태어났으면 낳아준 사람이 있고, 그로 인해 핏줄로 연결된 사람들이 있을 것이다. 세상에 무연고자는 없다. 가족에게 버림받은 사람과 아무도 관심을 가져주지 않는 가난한 사람이 있을 뿐이다.

살아 있을 때는 아무 관심이 없다가 죽어서야 수습을 위해 연고자를 찾는다. 잔인한 표현이지만, 폐기물을 처리하는 것과 다른 게 무언가. 국민이 아닌 국민, 이웃이 아닌 우리의 이웃은 그렇게 아무도 울어주지 않는 죽음을 맞이한다.

우리가 깊이 생각해야 할 것은 무연고자의 시신이 어떻게 취급당하느냐보다는 내 이웃이 고독하게 죽어야만 했던 이유다. 살아 있을 때 관심을 갖는 일이다. 국가가 모든 사람을 한 나라의 국민으로 대우하고, 나는 내 이웃을 무관심으로 방치하지 않을 때 우리는 다 같이 인간의 존엄성을 지킬 수 있다.

사랑하고

또 사랑하라

어느 겨울, 밤새 내린 눈이 얼어붙어 차 앞 유리를 녹여야 했다. 뜨거운 물 한 바가지를 떠다 뿌리는데 사무실 앞 빌라에 거주하는 이웃이 나와 소리쳤다.

"그 더러운 차를 어디서 닦아!"

현장에서 나온 가구나 집기, 쓰레기 등은 즉시 폐기물 업체에 처분한다. 사무실로 가지고 오지 않는다. 하지만 사람들은 우리는 물론이고, 사무실이나 차량조차 근처에 두고 싶어 하지 않는다.

민원 제기로 환경부 조사를 받은 것도 여러 번이다. 걸리는 게 없으니 조사는 무섭지 않은데 같은 말을 앵무새처럼 반복해야 하는 상황이 답답했다. 주민들이 이웃하기를 꺼려 삼 개월에 한 번, 육 개월에 한 번씩 사무실을 옮겨야 하는 것도 힘들었다. 우리가 없으면 힘든 건 본인들일 텐데, 나도 사람인지라 가끔 원망이 나올 때도 있었다.

몇 번의 이사 끝에 지금은 다행히 최적의 자리를 찾았다. 오리고기 식당을 하던 건물인데, 산으로 둘러싸인 데다 옆에는 자비로운 부처님을 모신 사찰이 있고 앞에는 주말농장이 자리하고 있다. 주차장도 넓다.

이사 온 지 이 년이 넘었지만 일부러 간판을 바꾸지 않았다. 여기서 또 쫓겨나면 오지로 숨어들어야 할지도 모르기 때문이다. 눈총 속에서도 사명감을 가지고 묵묵히 일하는 직원들의 사기를 높이기 위해 시내의 번듯한 사무실에 당당히 간판을 걸고 일하고 싶지만, 아직은 어쩔 수 없다. 사람들의 죽음에 대한 부정적인 인식은 이토록 견고하다.

가끔 홈페이지나 전화로 이 일을 해보고 싶다고 문의하는 사람들이 있다. 일 자체에 전망이 있어 보이고 알려지지 않은 일이어서 엄청난 돈을 벌 거라는 착각 때문이다. 직원이 되고 싶다고 하거나 창업을 문의한다. 그러나 단지 그런 이유 때문이라면 정중히 거절한다. 육체적으로도 심적으로도 무척 힘들지만 무엇보다 주변 사람들의 선입견 때문에 상처도 매일 받아야 하고, 힘든 현장을 정리한다고 알아주는 사람도 없다. 또 그만한 보상도 받지 못하는 실정이다.

이것도 하나의 직업인 만큼 대단한 소명을 갖고 마치 자신은 특별한 일을 하는 사람이라는 생각으로 뛰어드는 것도 반대다. 그저 우리는 고인의 이사를 돕는 사람들일 뿐이다. 내 주변 사람이 겪을 수 있는 일이라는 생각으로 가족의 일처럼 임하는 자세가 무엇보다 필요하다.

이 일을 시작하고 나서 가장 많이 듣는 질문이 있다.

"현장에 가면 무섭지 않아요?"

처음에야 힘들었지만, 자주 접하다 보니 지금은 무섭지 않다. 다만 마음이 힘든 날이 많다. 아무래도 슬픈 일을 겪은 고인을 자주 접하기 때문이다.

어떻게든 살아보려 노력했던 흔적 때문에 가슴 아픈 현장도 있었다. 집 안에는 산에서 채취한 상황버섯과 영지버섯, 각종 약초가 가득했고 민간요법이며 암을 극복한 이들의 수기가 담긴 책이 여러 권이었다. 그러나 그는 암과 싸우다가 결국 고독하게 죽어갔다.

이런 고인을 만난 날은 더 마음이 힘들다. 그러나 아무리 힘들어도 절대로 술은 마시지 않는다. 외롭고 힘들게 살다 돌아가신 분들의 유품을 정리하다 보면 제일 많이 나오는 것이 빈 술병이다. 술병들을 볼 때마다 술로 인생을 허비하며 스스로를 파괴하지 말자는 생각이 들기 때문이다.

대신 가족들 생각을 많이 한다. 어서 집으로 가 딸의 얼굴을 보고 싶고 온 힘을 다해 꼭 껴안아주고 싶다고, 더 많이 웃고 더 많이 사랑하며 살아가야겠다고 다짐하게 된다.

나는 이십 대 초반부터 장례지도사 일을 하며 삶과 죽음을 동시에 알게 되었다. 많은 사람이 작은 관심조차 받지 못해 죽음을 선택하고, 죽고 나서도 바로 발견되지 못해 저 세상조차 편히 가지 못한다는 걸 알았다.

직업의 특성상 다른 사람들이 볼 수 없는 걸 많이 보았고, 경험하고 느낀 것이 많기에 아는 만큼 더 열심히 살아야겠다고 생각했다. 사랑 때문에, 취업 때문에, 생계 때문에 많은 사람이 죽음을 선택하지 않도록, 작게나마 도움이 되고자 일자리 창출을 돕는 사회적 기업으로 인증 신청을 하게 되었다. 그 결실로 몇 년 전부터 법무부와 연계하여 범죄로 피해를 입은 사람들을 돕고 있다.

또 우연한 기회에 KBS 〈강연100℃〉에도 출연해 사람들에게 우리가 하는 일을 소개하고, 주변 사람에게 하루에 '30초'만 관심을 가져달라고 호소하기도 했다.

이 모든 것이 내가 이 책을 통해 하고 싶었던 이야기와 연관되어 있다. 많은 사람에게 이 직업을 알리고 편견을 깨기 위해서, 점점 주변 사람들에게 무심해지고 개인의 이상이 강해지는 시기에 소중한 것을 잊고 지내는 건 아닌지 다시 한번 일깨우고 내가 배운 걸 같이 나누기 위해서 말이다.

내 작은 관심이 누군가에게는 살아갈 수 있는 큰 희망이될 수 있다. 포기하려던 삶을 다시 부여잡고 시작할 수 있는 동아줄이 될 수 있다. 단 한 명이라도 이 책을 읽고 죽음에 대한 인식을 바꿀 수 있기를, 그 사람이 또 다른 사람을 일깨울수 있기를 간절히 바란다.

그동안 만난 외로운 죽음들에는 공통점이 있었다. 경제적

어려움, 가족이나 이웃과의 단절, 유품에서 나온 자녀들의 사진. 그들은 마지막 순간까지 가족들을 그리워했다. 그들에게 필요한 것은 경제적 도움이나 위로보다는 그저 따뜻한 안부 인사 한마디였을 뿐인지도 모른다.

"오늘 뭐 하셨어요? 식사는 하셨어요?"

일을 마치고 나면 나는 자주 아버지께 전화를 한다. 특별한 내용 없는 짧은 통화지만 아버지 목소리만 들어도 마음이 놓이고 아버지 역시 아들의 전화를 고마워하신다. 가족이나 친구에게 전화 한 통 하는 일, 어렵지 않다. 전화가 번거롭다면 문자 메시지도 있다.

우리의 짧은 안부 인사, 따뜻한 말 한마디가 소중한 그 사람으로 하여금 죽음이 아닌 삶을 선택하게 만들 수 있다. 우리에게 정말로 남는 것은 누군가를 마음껏 사랑하고 사랑받았던 기억, 오직 그것 하나뿐이다.

유품정리사가 알려주는
아름다운 마무리를 위한 7계명

1. 삶의 질서를 세우기 위해 정리를 습관화하세요.

'이건 아직 쓸 만하니까'라며 버리지 않고 모아두시는 편인가요? 주거 공간을 정돈하지 않고 방치하는 것은 삶을 방치하는 일과 같습니다. 실제로 쓰레기 집에 가보면 처음부터 쓰레기가 쌓이도록 내버려둔 경우는 없습니다. 세상에 상처받고, 사람에 실망하고, 먹고사는 일에 치여 삶의 의지를 놓을 때 게으름도 함께 찾아옵니다. 우리의 일상을 지탱하는 것은 먹은 그릇을 설거지하고, 먼지 앉은 가구를 닦고, 바닥을 걸레질하는 것처럼 사소한 일들에서 시작됩니다.

쓸모없는 물건은 과감히 버리세요. 주변 사람들에게 나눠주어도 좋습니다. 중요한 것은 내가 사는 공간을 단순하고 청결하게 유지하는 것입니다. 내가 떠나고 난 자리가 아름다울수록 남겨진 사람들의 슬픔은 덜어집니다.

2. 직접 하기 힘든 말이 있다면 글로 적어보세요.

사랑하는 사람이 갑자기 떠나면 남겨진 사람들은 심리적으로 큰 충격에 빠지게 됩니다. 차마 말할 수 없는 고민이나 아픔이 있다면 노트를 마련해 일기처럼 조금씩 적어보는 건 어떨까요? 쑥스러워 얼굴을 맞대고는 말할 수 없었던 고마움이나 사랑을 표현하는 글도 좋습니다. 그리고 남겨진 사람들이 발견할 수 있도록 눈에 잘 띄는 곳에 보관해두세요. 당신이 떠나고 난 뒤 상실의 고통에 빠져서 힘들어할 사람들을 위한 작은 배려가 될 것입니다.

3. 중요한 물건은 찾기 쉬운 곳에 보관하세요.

유품정리를 하다 보면 종종 장롱 아래, 베개 속, 액자 뒷면 등에서 귀중품이나 현금 등을 발견하곤 합니다. 눈에 띄는 곳에 두면 다른 사람이 가져갈까 싶어 보이지 않는 곳에 감춰두는 것이지요. 그러나 이런 유품들은 '아차' 하는 사이 버려질 수도 있습니다. 내가 죽고 난 후에 발견되어야 할 중요한 물품이 있다면 가족들이 찾기 쉬운 곳에 보관하세요. 죽기 전에 유언장을 미리 작성해놓거나 재산을 어떤 식으로 관리해왔는지 알려주는 것도 좋은 방법입니다.

혹 당신이 떠난 후에 가족들 사이에서 분란의 소지가 될 금전적인 문제가 있다면 미리미리 해결해놓아야 한다는 사실도 잊지 마세요.

4. 가족들에게 병을 숨기지 마세요.

한 아버지가 하나뿐인 딸에게 짐이 될까 두려워 병을 숨긴 채 육 개월을 홀로 버티다 사망했습니다. 하루에도 몇 번씩 사진 속의 딸을 보며 그리움을 달래야 했던 아버지의 휴대전화에는 딸의 전화번호조차 저장되어 있지 않았습니다. 혹 무의식중에 전화를 걸어 딸에게 부담이 되는 말을 할까 두려운 마음 때문이었습니다. 딸은 아버지가 혼자 고통을 견디다 돌아가셨다는 사실을 알게 된 후 큰 충격에 빠졌습니다. 죄책감에 사로잡힌 딸은 마음의 병을 얻고 괴로운 삶을 살아갔습니다.

가족들에게 병을 숨기는 일은 짐 대신 죄책감을 얹어주는 일입니다. 병이 있다는 사실을 밝히는 것은 잠깐의 짐이 될 수 있지만, 병이 있다는 사실을 감추면 자식으로 하여금 평생의 죄책감을 안고 살게 할 수 있음을 기억하세요. 때론 자신의 짐을 다른 가족들과 나눠 질 줄 아는 현명함도 필요합니다.

5. 가진 것들은 충분히 사용하세요.

우리는 죽을 때 지고 갈 것도 아닌 것들을 아끼기 위해 너무 많은 에너지를 사용하는 경향이 있습니다. 유품을 정리할 때 한 번도 사용하지 않은 새 물건들이 쏟아져 나올 때가 있습니다. 어떤 고인은 어렵게 번 돈은 모두 저축하고 매일 고추장과 김치로 끼니를 때우다 돌연사하여, 결국 자신은 아무것도 누리지 못한 채 죽고 말았습니다. 내가 없으면 결국 버려져야 할 물건들입니다. 지금이 아니면 사용하지 못할 수도 있습니다. 건강한 몸으로 살아 있을 때, 아끼지 말고 충분히 사용하세요.

유품 정리 일을 시작하면서 가장 크게 배운 것이 있다면 가진 물건은 잘 사용하고 필요 없는 물건은 과감히 버리자는 것입니다.

언젠가 쓸 데가 있을 것 같아서, 몇 번 사용하지 않은 새것이라서, 비싸게 산 물건이라서 필요하지도 않은데 끼고 사는 물건들은 삶을 복잡하게 만들 뿐입니다. 지금 이 순간을 살아가는 나를 위해, 가진 것들을 너무 아끼지 마세요.

6. 누구 때문이 아닌 자신을 위한 삶을 사세요.

죽음을 선택하기 전에 많은 사람이 겪는 것이 다른 사람에 대한 원망입니다. '너 때문에, 너 키우느라, 너를 위해서……' 그럴 바엔 이기적인 사람이라고 욕을 먹더라도 자신을 위한 삶을 사는 것이 낫습니다. 남 때문에, 남을 돕느라 나를 위해 살지 못하는 것은 바보 같은 행동입니다. 내가 잘살아야 남도 도울 수 있습니다.

7. 결국 마지막에 남는 것은 사랑했던 사람과의 추억입니다. 아름다운 추억을 많이 남기세요.

좋은 대학에 들어가 번듯한 직장을 잡고 내 집을 마련하고 좋은 차를 사는 것도 물론 의미 있는 일이지만, 이런 것들은 마지막에 지고 갈 수도 남길 수도 없는 것들입니다. 정말로 남는 것은 우리가 서로 사랑했던 기억입니다. 사랑하고 사랑받았던 기억은 오래도록 남아 내가 죽은 뒤에도 세상 한구석을 따뜻하게 덥혀 줍니다.

사랑하는 가족들과 얼마나 자주 얼굴을 보고 밥을 먹고 대화를 나누시나요? 지금 바쁘다고, 더 급한 일이 있다고 미룬다면 나중에는 하고 싶어도 할 수 없는 일이 될 수 있습니다. 당신이 눈을 감는 마지막 순간을 상상할 때 무엇이 가장 아쉽고 기억에 남을지 생각해 본다면, 지금 당장 해야 할 일이 무엇인지도 알 수 있을 것입니다.

사랑하는 사람들과 좋은 추억을 많이 남기세요. 당신의 마지막 순간을 따뜻하게 감싸줄 것입니다.

떠난 후에 남겨진 것들

개정판 1쇄 발행 2020년 9월 29일
개정판 15쇄 발행 2024년 2월 28일

지은이 김새별 · 전애원
펴낸이 고병욱

펴낸곳 청림출판(주)
등록 제2023-000081호

본사 04799 서울시 성동구 아차산로17길 49 1009, 1010호 청림출판(주)
제2사옥 10881 경기도 파주시 회동길 173 청림아트스페이스
전화 02-546-4341 **팩스** 02-546-8053

홈페이지 www.chungrim.com **이메일** cr1@chungrim.com
인스타그램 @chungrimbooks **블로그** blog.naver.com/chungrimpub
페이스북 www.facebook.com/chungrimpub

ⓒ 김새별 · 전애원, 2015

ISBN 978-89-352-1328-3 03810

※ 이 책은 저작권법에 따라 보호를 받는 저작물이므로 무단 전재와 무단 복제를 금합니다.
※ 책값은 뒤표지에 있습니다. 잘못된 책은 구입하신 서점에서 바꾸어 드립니다.
※ 청림출판은 청림출판(주)의 경제경영 브랜드입니다.